ホーンテッド・キャンパス
白い椿と落ちにけり

櫛木理宇

角川ホラー文庫
20262

CONTENTS

HAUNTED CAMPUS

Characters introduction
八神森司
やがみ　しんじ
大学生（一浪）。超草食男子。霊が視えるが、特に対処はできない。こよみに片想い中。
灘こよみ
なだ　こよみ
大学生。美少女だが、常に眉間にしわが寄っている。霊に狙われやすい体質。
イラスト／ヤマウチ シズ

HAUNTED
CAMPUS

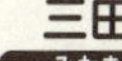

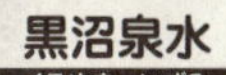

黒沼麟太郎
くろぬま　りんたろう

大学院生。オカ研部長。こよみの幼なじみ。オカルトについての知識は専門家並み。

三田村藍
みたむら　あい

元オカ研副部長。新社会人。身長170cm以上のスレンダーな美女。アネゴ肌で男前な性格。

黒沼泉水
くろぬま　いずみ

大学院生。身長190cmの精悍な偉丈夫。黒沼部長の分家筋の従弟。部長を「本家」と呼び、護る。

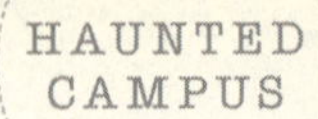

鈴木瑠依
すずき　るい

新入生。霊を視ることができる。ある一件を通じ、オカルト研究会の一員となる。

小山内陣
おさない　じん

歯学部に通う大学生。甘い顔立ちとモデルばりのスタイルを持つ。こよみの元同級生。

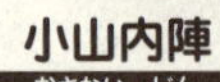

プロローグ

HAUNTED CAMPUS

火曜の二コマ目の講義は『金融リスク論』であった。

八神森司は講義室の窓際に座り、あたたかい陽射しを浴びて半目になっていた。

銀行のソルベンシー制約がどうのこうので、リバレッジがああだこうだで、世界的金融危機が、と滔々と語る教授の声が、右の耳から左の耳へと抜けていく。

ゴールデンウィーク明けの大学構内は、どこもまだ休み呆け覚めやらぬといった様子であった。

日焼けを恐れて壁際に陣取った女子学生の約半数は机の下でスマートフォンをいじっているし、残る半数はネイルや枝毛を気にしている。

男子学生の三分の一は同じくスマートフォンでのＬＩＮＥもしくはモバゲーに熱中し、三分の一は居眠りして、残る三分の一は休み中の記憶を反芻してはにやついていた。つまり真面目にノートをとっているのは最前列の七、八人のみという有様だ。

そして当の森司もまた、記憶反芻組のうちの一人であった。

講義が退屈だからではなかった。陽射しが心地よいからでもなかった。ゴールデンウィークが終わってからというもの、彼はずっとこの調子だった。いや正確に言えば、こよみに四葉のクローバーの栞を届けてもらったあの夜からだ。

――わたし、先輩のそういうところ、好きです。

電波越しとはいえ、耳のすぐそばで聞こえたあの声、あの言葉。

思い出すだけで顔に血がのぼり、じっとしていられなくなる。両手の指を意味もなく握ったりひらいたり、足を小刻みに揺すってしまう。

顔の筋肉がひとりでに緩み、だらしないにやにや笑いが浮かぶ。そんな自分にはっと気づき、口を押さえて頰の内側を嚙み、眉根を寄せる。だがまた頰が緩んで――と、延々この繰りかえしだ。

彼が十何回目かに無意識の笑みを浮かべたところで、

「……八神、気持ち悪いぞ」

と隣の席から小声の突っ込みが入った。

見れば、同ゼミの男子学生である。森司は慌てて頰を引き締め、「悪い」とやはり小声で謝った。

「月曜から八神、ずっとその調子だろ。休み中によっぽどいいことあったんだな」

「ま、まあな」

森司は咳払いし、男子学生をあらためてまじまじと見た。

「おまえ、日焼けしたなあ」

「あ、わかる？　そうなんだよ、彼女とグァム行ってきたんだ」

よくぞ聞いてくれた、と彼は得意そうに鼻をうごめかせた。

「バイト代貯めてさ。付きあって一周年の記念日に呼びだして、『サプライズ旅行ご招待！』ってのをやってみました」

「へぇえ、やるじゃん」

「だろ？　もう惚れなおされちゃって大変よ」

と彼は笑って、「講義のつづき聞くぞ」と言いたげにシャーペンの尻で教授とホワイトボードを指した。森司はうなずき、目を正面へと戻した。

しかし教授の声に集中できたのはほんの数分であった。

気づけば心は、ふたたびあの夜へ飛んでいた。

——旅行かあ。いいなあ。

森司は遠い目になった。

おれもいつか、こよみちゃんと二人きりで旅行できたらいいな、なんて。本格的に就活がはじまる前に、またバイトしておこうかな。グァムっていくらくらいで行けるんだろ。あとでちゃんと訊いておくか。

ああ、でも彼女は南の島ってイメージじゃないな。似合わないわけじゃないけど、暑いところよりは、そうだな、ローマとかヴェネツィアなんていいんじゃないか。いやイタリアもあったかいんだっけ？　そうだよな、地中海だから寒いわけがない。でもあの石畳と運河を背景にした、白いワンピース姿の彼女を見てみたい――。

　そこまで考えたとき、終業のチャイムが鳴った。

　結局今日は一行もノートを取れずじまいであった。

　まあいい。この教授の講義は毎年判で押したように同じだと定評があるから、あとでアパートの先輩から五十円でノートを売ってもらうとしよう。

　教科書とノートをまとめて帆布かばんへ突っこむ。吐息をついて講義室を出ると、冷たい外気のせいか、やや正気に戻ることができた。

　――二人きりで旅行とか、先走りすぎだろ。

　廊下で一人、森司は赤面した。

　脳内とはいえおこがましい夢想を抱いてしまった己が、いまさらながら恥ずかしい。付きあえると決まったわけでもないのに何様のつもりか。まったく自惚れもはなはだしい。相手が自分でさえなかったら正座させ、胸倉を摑んで小一時間説教したい。

　森司は学食へ向かいかけた足を止め、思いなおしてUターンした。

　いかん。いまのこの状態では、また妄想にふけって周囲を不気味がらせてしまいそうだ。おさまるまでは、人目の少ない場所で昼食をとるのが無難だろう。

　構内のローソンか売店の弁当を部室で食べようか、と彼はまず考えた。

　オカ研の部室ならば、きっと黒沼麟太郎部長がいて一方的にしゃべってくれるはずだ。ということは妄想する暇もないだろう。さらに泉水もいるようなら、黒沼従兄弟コンビで延々漫才をしてくれるからおれが口を挟む隙も——って。

いやそれじゃだめだ、と森司はかぶりを振った。

相槌を打つ必要もないほどフリーにされたら、おれはきっとまた心をお花畑へ飛ばしてしまう。それでは自制にも自省にもなっていない。根本的な解決に至っていない。

彼は晴天の空を仰いだ。

——さいわい今日は天気がいい。

そうだ。ここは久々に〝あそこ〟でランチにするとしよう。

約十分後、彼はローソンでコーヒーとサンドイッチを買って、中庭のベンチへと腰を落ちつけていた。

空は青く、芝生はあざやかに冴え、並木の枝葉を揺らして五月の薫風が吹き抜けていく。

森司はサンドイッチのラッピングを剝がし、ツナサンドを口に運んだ。

途端、海馬がまたも麗しの記憶を掘り起こしはじめる。

——そういえばあの朝、こよみちゃんがサンドイッチを作って持ってきてくれたっけなあ。

もっと味わって食えばよかった。さらに画像も撮っておけばよかった。「じつはSNSをはじめたんだ」とでも言って、記念すべきデートのすべてを片っ端から撮っておくべきだった。いや、でも「アカウント教えてください」なんて言われていたらやばかったか。

自分がもう一人いればいいのにな。もしくはパーマンのコピーロボットみたいなやつでもいい。あとを尾けさせて、ビデオカメラを持たせて、あのデートを背後から逐一録画できていたならよかった。そうすれば毎日いつでも好きなとき再生して、あの日の彼女の笑顔と、彼女のまなざしと、そして彼女の——。

「なにを百面相しとるんです、八神さん」

頭上から呆れ声が降ってきた。

森司は顔をあげた。トレードマークの黒いキャップに、容貌をなかば隠す長髪が視界に入る。同じくオカ研に所属する、鈴木瑠依であった。さすがにモッズコートはもう脱いで、最近は長袖Tシャツ一枚で構内を闊歩している。

「ああ……鈴木か」

森司は気の抜けた声を発した。

「笑ったり眉間に皺寄せたり、かと思えば急に考えこんだり、道の向こうから見たらえらいこと忙しい人になってましたよ」

「そうか、ごめん」

前回同様、森司は素直に謝った。

「わざとじゃないんだ。ただ、顔が勝手に笑ってしまうんだ」

「浮かれてますねえ」

ベンチの隣へ座って、鈴木が苦笑した。

「その調子やったら、無事に次のデートの日取りも決まったんでしょうね。いつですか、来週あたりですか？」

「なっ」

森司は思わずのけぞった。

一瞬で乾いた唇を湿そうと、あたふたコーヒーを呷る。だが誤って蓋の穴とは逆の部分に口を付けてしまい、額に熱いコーヒーを浴びた。

ひとしきり大騒ぎしたのち、

「お……おまえ、そんな軽々しく言ってくれるなよ。次が来週だなんて、いくらなんでも急すぎだろ、おれにもほら、あれだ。心の準備ってものが」

「……つまり、まだ誘うてへんのですね」

鈴木がため息まじりにうなずいた。

「まあおれも、女に関しては人のこと言えませんけど。でも別れの挨拶ついでに、『じゃあ次はどこに行こうか』とでも言うて、約束を取りつける流れにしといたらよかったんと違います？　毎回それをやっときゃ、いつしかデートが自然と毎週の恒例になっていくんじゃ」

「うん。最初はおれもそのつもりだったんだけどさ」

森司はうつむいた。

「途中で想定外のアクシデントが何回かあったもんで、対処しようと右往左往してるうち、いろんなもんが頭からすっぽ抜けたというか……吹っ飛んだというか……」

声を沈ませる彼の肩へ、鈴木が手をのせた。

「べつに責めてるわけやないですよ。テンパる気持ちはわかりますし」

「うん」

「ただちょっと気になっただけですから。また誘えたらええですね」

「ありがとう」

鈴木はいいやつだな、と思わず目頭を押さえる。だが次の瞬間、森司の視界の隅を、きらりと光るものが掠めた。

陽光の反射か？　彼は目をすがめた。

いや違う。なにやらもっと美しくまばゆい、それでいて可憐な――。

対象に気づいた途端、首がねじ切れる勢いで森司は振りかえった。

すぐ横で鈴木が呑気な声をあげる。

「ああ、噂をすれば灘さんやないですか」

その声がすでに遠い。視界が勝手に狭まり、こちらへ駆けてくるそのシルエット以外目に入らなくなる。意識のすべてが彼女に集中する。

――こよみちゃん。

今日のこよみは愛用のトートバッグを肩に掛け、ミモレ丈のスカートにカットソーというカジュアルないでたちだ。

しかしなにを着ても似合う。美しい。彼女がまぶしすぎて、世界が白くハレーションを起こしている。見つめつづけていたら、網膜が焼き切れそうだ。

「全速で走ってきますよ。八神さんはべつに逃げへんのやから、そない急がんでもええのにねえ。というか八神さん、こっちから迎えに……。行ってあげたら」と鈴木が言いかける。

しかしその前に森司は立ちあがった。こよみとの距離はすでにあと四、五メートルにまで迫っている。

森司は決然と踵で地を蹴った。

そして——逆方向へと逃げた。

「ちょっ、や、八神さん？」

背中に鈴木の声が聞こえた。だが森司は走りつづけた。前もろくに見ず、ただ走った。学部棟の壁に行きあたり、左右どちらへ進むか迷って立ち止まるまでひた走った。

たっぷり二分近く遅れて、なぜか鈴木が息を切らしながら追いついてきた。

「えっ、鈴木？」

森司は慌てて振りかえった。

「なにしてんだ、なんでおまえまで来るんだよ。灘が一人になっちゃうじゃんか。戻れよ、あの子がかわいそうだろう」

「それはこっちの台詞(せりふ)です」

あえぎながら鈴木が叫んだ。有無を言わせず森司の腕を掴(つか)む。

「まったく、なにしてはるんですか。……戻りますよ」

森司は目を剝(む)いた。

「え、戻るの？」

「あたりまえでしょう。ほら急いで。ベンチで灘さんが待ってます」

「ちょっ、待て、待てって」

彼は両足を踏ん張り、鈴木の手を振りはらった。鈴木が怪訝(けげん)な顔で振りむく。声を落とし、森司は言った。

「あのな、あの……鈴木」

「はい？」鈴木が問いかえす。

なんとも形容しがたい数秒の間があく。

やがて森司は、世にも情けない顔で尋ねた。

「——なあ。おれっていままで、灘とどうやってしゃべってたっけ？」

第一話　悪魔のいる風景

HAUNTED CAMPUS

1

「悪魔祓い系の映画を観ると、全身の血が沸騰するような気がするんです」

そう言いはなったのは、仮入部希望の男子学生であった。

工学部一年の蟹江曜平と名乗った彼は、黒沼部長に負けぬほどちんまりと小柄で可愛らしかった。その曜平の口から出た意外な台詞に、

「沸騰って……、そ、そんなに好きなのか」

と森司は思わず身を引いて訊きかえした。

曜平が頭を掻く。

「いや、好きっていうわけでもないんです。うーん、自分でもうまく言えないというか、よくわからないんですよね。ただ体の内側からざわざわっとして、腕にも足にも鳥肌が立って、血が体の中で波立って、映像から目が離せないような、それでいて逃げ出したくなるような――」

身振り手振りを加えて、曜平はじれったそうに言った。先の言葉どおり、その様子はいかにも「どう説明していいかわからない」といったふうだ。

蟹江曜平が仮入部を希望したこの雪越大学オカルト研究会は、構内最北端に建てられた部室棟の中でも、いっとう北端を割りふられている。

名だけはたいそうだが部室の内装はどうということもなく、魔術師アレイスタ・クロウリーのポスターと、超自然学系の書籍が並ぶ本棚を除いてはいたって地味だ。

たまに訪れる〝相談者〟と、滅多に訪れない入部希望者がいるとき以外はほとんどお茶会サークルと化しており、最近はめっきり「オカ研を覗けば、県内の洋菓子の流行がわかる」と評判との噂まで立っているそうだった。

「血が沸騰、ねえ。いいフレーズだね」

と、定位置の上座で語感を噛みしめるように繰りかえしたのは黒沼部長だった。

「それより蟹江くん、甘いもの大丈夫なほう？　だったらほら、このカップケーキをどうぞ。最近駅前にできたお店でね、季節ごとにフレーバーが変わるデコレーションが人気らしいよ」

と洋菓子の箱を差しだし、彼自身もひとつつまむ。

箱にはピンク、若草いろ、薄紫と、パステルカラーのホイップクリームやフルーツが山盛りに盛られた、色とりどりのカップケーキが鎮座していた。

部員が買ってくることもあるが、部室にある菓子のほとんどは、過去の相談者がお礼がわりに持ってきた品だ。ちなみに本日のケーキは、つい先日訪れた折口実來という女子学生からの貢ぎものであった。

「さあ遠慮なく食べて食べて。甘いものは会話の潤滑油だからね」

「あ、はい。……では、失礼して」

物騒になりかけた空気を一瞬でかわされ、曜平が毒気を抜かれたようにうなずく。そんな彼の手もとへ、すかさずコーヒーカップとソーサーが手渡された。

「どうぞ」

見上げれば、こよみの臈(ろう)たけた美貌(びぼう)がある。

「はい……」

気圧(けお)されたらしく、曜平はなかば口をあけたまま首肯した。

新入生が入ってこようと、コーヒーを淹(い)れるのは相変わらず彼女の役目だ。ただしお茶係イコール下っ端という概念はこのサークルにはない。むしろ森司や鈴木など、「手も出させてもらえない」と言ったほうが正しい。

現在部室には、部長とこよみ、そして森司の三人がいた。

泉水と鈴木の苦学生二人はバイトに出ており、元副部長の三田村藍(みたむらあい)は仕事で不在だ。

藍さんがいないと軌道修正してくれる人がいなくて困るな、と森司は内心でぼやいて、

「――で、あの……観るたび〝血が騒ぐ〟わけか？」

と話を無理に引き戻した。

アイシングたっぷりのカップケーキにかぶりついていた曜平が、

「あ、いえ、その」

急いで咀嚼して飲みこみ、森司を見つめる。

「じつは二回観たっきりなんです。友達の家で『エクソシスト3』を五分くらいと、高校の学祭で上映された『ラスト・エクソシズム』の数シーンだけ……」

「なんだ」

森司は拍子抜けした。

「それは単に、蟹江くんが怖がりなだけじゃないのか？　大丈夫だよ。おれだってホラー映画を観ると鳥肌立つし、全身ざわっときて逃げ出したくなるぞ」

人並み以上の霊感はあれど、なにせ森司は自他ともに認める臆病者だ。見たくなくとも〝視える〟というのに、わざわざ金を払ってまで怖いものなど観たくない、というのが彼の持論である。

だが曜平は首を振って、

「そう……なのかもしれません。でも『悪魔のいけにえ』や『ソウ』なんかのスプラッタや、ゾンビ映画を観たときはそんなふうにならないんですよ。だからオカルト研究会のみなさんも同じような感じになるのかな、と気になって……それで、一日だけでも、体験入部できたらなと思ったんです」

と、上目づかいに一同を見やる。

部長が「ふうむ」とずりおちた眼鏡を指で持ちあげた。

「体の内側がざわついて、全身に鳥肌。映像から目が離せないような、逃げ出したくなるような——か。そうだね、それはむしろホラーに慣れない人が、スプラッタ映画を観たときの反応だ。エクソシストものを観たときだけそうなる、というのはちょっと珍しいかもしれないね」

「いやあ、べつに珍しかないですよ」

森司は早口で異を唱えた。

「部長みたいに一年に何百本とホラーを観る人なら反応も違ってくるかもしれませんが、ふつうの人間は『怖いものは怖い』それだけですって。怖いものを観たら鳥肌立って逃げたくなる、それが当たりまえです。なにもおかしいことじゃありません」

となかば自己弁護まがいの熱弁をふるう森司に、

「ま、そうかもね」

と部長はあっさりうなずいた。そして手をひとつ叩くと、

「じゃあ今夜はその証明のためにも、エクソシストものの映画を何本かピックアップして上映会してみようじゃない」

と高らかに言った。

途端に森司が顔色をなくす。椅子の背にかけた帆布かばんを取り、あたふたと腰を浮かせる。

「どこへ行くの、八神くん」

「いやあの、ちょっと用事を思い出しまして」

「駄目駄目。三年生としてそれじゃしめしがつかないでしょ。こよみくん、止めて」

「はい」

涼やかな声に、森司はぎくりとして立ち止まった。

たった二文字の台詞に、縫いとめられたように足が動かない。あまつさえ、体が勝手に回転して振りかえってしまう。

目の前にこよみの顔があった。

長い睫毛。くっきりとした二重まぶた。近眼のせいか、つねに濡れて潤んだような大きな瞳。

「八神先輩。先輩もいっしょに観ましょう？」

ああ——と答えようとした。

しかし、声が出てこない。全身の血が顔に集まっているのがわかる。首どころか耳まで熱い。喉もとまで小石でいっぱいになったみたいだ。胸が詰まる。息が苦しい。

——駄目だ、しゃべれない。

ついこの前まで、緊張はしたものの会話はそれなりにできていた。

しかしいまは駄目だ。無理だ、不可能だ。

——こんなきれいな子と、いったいおれはどうやって何年も接してきたんだ。

思い出せない。頭が真っ白だ。彼女を前にすると思考も記憶も吹っ飛んでしまう。なにか言わなければと思うのに、言葉のかわりに粘い汗が噴き出てくるばかりだ。

かろうじて、なんとかうなずいた。

こよみの顔がぱあっと輝く。

その背後で黒沼部長が愛用のマグカップに三つ目の角砂糖を投入しながら、

「はい決まり。じゃあ今夜七時半に、部室で再集合ね。藍くんと泉水ちゃんもその頃には仕事終わってるはずだからさ。あ、八神くんは鈴木くんにメールしといてよ」

と笑顔で手を振った。

2

予告どおり、七時半きっかりに上映会は幕を開けた。

六時にパン工場のバイトから戻った鈴木に、終業時刻の五時半から一時間ほど残業してきた藍。そして七時にガソリンスタンドのバイトを引きあげた泉水。そこへ部長、森司、こよみ、蟹江曜平を加え、これで全員が揃ったことになる。

まずは開会の挨拶をするべく部長が立ちあがった。

「えー、それでは突発的ながら、オカ研有志によるエクソシスト映画上映会をはじめようと思います」

かるく咳払いし、

「ただ残念ながらこのジャンルは、一九七三年に制作された無印の『エクソシスト』を超える作品がいまだに現れないんだよね。エクソシストシリーズ以外だと、まあまあ楽しめたのは『エミリー・ローズ』、『死霊館』、『デビル・インサイド』、『ザ・ライト［エクソシストの真実］』、『NY心霊捜査官』くらいかな。変則的なところではサム・ライミの『スペル』や、キアヌ・リーヴス主演の『コンスタンティン』。さらなる際物としては、一九七七年制作の邦画『犬神の悪霊』なんてのがある。まあ最後のは厳密に言えば悪魔祓いじゃなく、憑き物祓いの映画だけどね。でもやってることはほぼ同じだよ」

と、いつもの蘊蓄を滔々と並べたてる。

こよみが片手をあげて質問した。

「『オーメン』はどうでしょうか？」

部長が小首をかしげ、

「うん。あれも題材は悪魔と人間の対立だけど、悪魔が強すぎて、肝心の悪魔祓いのシーンが少ないんだよねえ。だから映画としてはもちろん名作だけど、今回は除外しておいた」

卓上に置いたノートパソコンを、大仰な仕草で指し示す。

「というわけで、やっぱりここは初心に返る意味もこめて、無印の『エクソシスト』から観るとしよう。——って八神くん、どこ行くの？」

部長の発声と同時に、こっそり回れ右しようとしていた森司を、藍と泉水がシャツの裾を摑んで引き止める。

森司は青い顔で振りかえって、

「な、なるべく後ろで観ようと……」と言った。

嘘ではなかった。こよみと約束してしまったからには逃げるわけにいかない。だがせめて、画面から遠ざかるくらいは許してもらいたかった。あとはなるべくまともに視界に入れぬよう、体を斜めにし、薄目で眺める一手だ。

しかしそこで最後列の鈴木が挙手し、

「いやおれが、このジャンル苦手なんでいっしょに観てくれって頼んだんですわ。すんません八神さん、ここ隣、お願いします」

と自分の横の椅子を指さした。その言葉につられるように、森司はあたふたと荷物ごと移動した。

部長が長机に置いたノートパソコンの角度を調整しはじめる。最前列に部長とゲストの曜平。二列目に藍、泉水、こよみ。そして三列目に鈴木と森司という並びである。ほんとうなら後ろの壁ぎりぎりまで下がって鑑賞したかったが、さすがにそこまで贅沢は言えそうにない。

「悪いな、鈴木」

森司が小声で彼の耳にささやく。

鈴木は「いえ」とかぶりを振って、

「ほんまやったら灘さんと並んで座るよう勧めるとこですけど――なんやいま八神さん

調子悪いらしいんで、ちょい空気読んでみました」

「……ご、ごめん」

「いえ」

謝罪する森司に鈴木がかるく手を振ったとき、

「みんないいかな？　じゃあはじめるよー」

と部長が言い、つづけて藍が電灯のスイッチを切った。

薄闇に部室が包まれ、ノートパソコンのモニタで『エクソシスト』が再生されはじめた。

いわゆるビデオ・オン・デマンドで試聴している作品らしい。契約しているのは、むろん黒沼部長である。

まず映し出されたのはイラク北部の映像だった。古代遺跡で発掘作業をする一行が、悪霊パズズの偶像を発見するところから物語ははじまる。

そして舞台は一転、アメリカへ。人気女優の十二歳の娘リーガンが、悪魔に取り憑かれてしまうのだ。誕生パーティの夜を境におかしくなったリーガンが病院をたらいまわしにされ、しかし肉体的に異状は見つからないというのが序盤の流れである。

森司はまぶたを極限ぎりぎりまで閉じて首を引き、最後列から映画を、そして部員たちをやや遠目に眺めていた。

真剣に見入っている部長。同じく食い入るような目つきの蟹江曜平。眠そうな泉水。

楽しそうな藍。そして、背すじをぴんと伸ばしてモニタに顔を向けているこよみ。

――こよみちゃん。

この角度から、一方的にならば見つめていられるのがわれながら情けない。

なんと端整な横顔だろうか。腿に行儀よく置かれた手といい、ぴたりと付けた膝頭といい、顔だけでなく所作のすべてが整っている。

まったくもって、なぜこんな子がおれとのドライブデートに応じてくれたんだろう。いっしょに食事して、家までついてきてくれたんだろう。いやそれどころか、いままで対等に話してくれたこと自体――。

森司は彼女の横顔からふっと視線をはずした。

そしてはじめて、蟹江曜平の異変に気づいた。

モニタでは少女リーガンが白目を剝き「ファック・ミー」と叫んでいる。大型のチェストが動くなどのポルターガイストが起こる中、リーガンは一人で「やめて」、「この牝豚が」と会話し、血まみれの十字架を己の体に突き立てる。

その画像を凝視しながら、曜平は小刻みに震えていた。

映画の反射光を差し引いても、それとわかるほど顔色が白い。膝の上で握った拳も、まるきり血の気を失ってしまっている。

泉水がわずかに首をそらし、三列目の森司と鈴木を振りかえるのがわかった。

「八神」

泉水が低くささやく。

「やばそうなら合図する。……いつでも動けるよう、準備だけしとけ」

森司は無言でうなずきかえした。

映画は佳境に入っていた。悪魔祓い師のカラス神父が登場する。神父はベッドに縛り付けたリーガンに聖水をかけながら、悪魔祓いの典礼書を読みあげる。部屋の温度は氷点下まで落ちているらしく、彼らは一様に白い息を吐いていた。

映像は品がよく抑制が利いていると言っていい。だが悪魔に取り憑かれた少女は、それには似合わぬ卑猥(ひわい)な言葉を叫び続ける。

「Your mother sucks cocks in Hell !」

「Let Jesus fuck you !」

ベッドが激しく揺れる。リーガンの体が、見えない巨大な手に掴まれたように宙に浮く。少女は悪罵(あくば)とともに、濁った緑色の汁を吐き散らす。ポルターガイスト現象はさらに強まり、壁が割れ、扉がひび割れる——。

次の瞬間。

曜平がつんざくような悲鳴をあげた。

パイプ椅子に座っていた彼の背が、がくんとのけぞった。

痙攣(けいれん)している。白目を剝いている。鉤爪(かぎづめ)のように曲げられた両手の指が、彼自身の顔を掻(か)きむしろうとする。

斜め後ろから、泉水が曜平の腕を摑んだ。森司は背後から飛びつき、痙攣して跳ねる彼の体を押さえようとした。

パイプ椅子が倒れ、床に当たってけたたましい音をたてる。

曜平は叫んでいた。

金切り声でほとんど聞きとれない。だが、切れ切れの言葉が耳に入る。

「いやだ」、「やめろ」、「痛い」、「お願いやめて」、「馬鹿野郎」、「やめて、やめて」、「うるせえ」、「死ね」、「殺すぞ」、「ぶっ殺してやる」——。

ようやくわれに返ったらしい鈴木が、森司たちに加勢しようと駆けつける気配がした。

だがその腕が曜平を押さえる前に、森司の耳もとでひゅうっと音がした。

鈴木が息を吸いこむ音だった。森司は顔をあげた。

そして、目を見ひらいた。

本棚に並べられていたはずの書籍群が、糸で吊られたように浮いていた。てんでばらばらな高さで、角度で、棚から躍りあがっている。

黒沼部長はなかば口を開け、呆然と己の蔵書を見あげていた。

泉水が舌打ちし、曜平から手を離すと、部長の腕を摑んで強引に床へ引き倒した。

一瞬後、その頭上を書籍の束が薙ぎはらう。壁に当たって力を失ったらしい本が、派手な音をたてて落下した。

森司は痙攣する曜平の背を腕で押さえながら、こよみを目で探した。部屋の隅に、藍とともにかがみこんでいるのを見つけ、安堵する。

だがそれも束の間、今度は空になった本棚が、床を這うようにすこしずつ進んでくるのに気づいた。さらに長机の脚までもが小刻みに鳴っている。徐々に、宙へ浮きかけている。

思わず頭をかばおうと腕をあげかけて、はっと森司は動きを止めた。

――子供？

どこからか、子供のか細い泣き声がする。

現実の声ではない。慣れ親しんだ〝感覚〟で森司にはそれがわかる。

ここにはいないはずの子供の声だ。

過去か、もしくは次元の異なる空間より響いてくる声である。悲痛な声だった。心底から怯え、恐怖を訴えている声音であった。

「泉水さん！」

咄嗟に森司は叫んだ。

「か、蟹江を――こいつを、気絶させてください！」

なぜだ、と泉水は尋ねもしなかった。曜平を抱きこむように、その太い腕を彼の首にまわす。曜平の顔が瞬時に鬱血した。頸動脈を絞められていると傍目にもわかった。

息づまるような数秒ののち、曜平はくたりと力を失った。

本棚の動きが止まった。

宙に浮こうとしていた長机が着地し、部室にかるい震動が走った。

重苦しい静寂が落ちる。

「な——に、……いまの……」

壁の隅で、藍が唖然と言った。

「さあ……。でもどうやら、ここにいる蟹江くんに原因があるみたいだねえ」

眼鏡をかけなおしながら部長が体を起こす。彼はため息をつくと、

「あーあ、一から本の並べなおしをしなくちゃなあ。でもみんなとノートパソコンが無事でよかった。蟹江くんには、いまのうちタオルでも嚙ませておいたほうがいいのかな。泉水ちゃん、悪いけど彼の服をちょっと緩めてあげて」

泉水がうなずき、曜平のベルトをはずした。次いでシャツの胸をくつろげる。

その手が止まった。

「どうしたの」

藍が泉水の手もとを覗きこむ。そして、息を吞んだ。

「部長、みんな。……これ見て」

言われるがままに部長が首を伸ばす。森司も鈴木に手を貸してやりながら、膝立ちの姿勢で〝それ〟を見た。

曜平の胸に、長く引き攣れたような蚯蚓腫れが数本のたくっていた。真っ赤な腫れは捩れ、ひどく傾きながらもはっきりと文字に読めた。片仮名だ。「タ」、「ス」、「ケ」——

―。

「〝タスケテ〟……か」

部長が顔をしかめ、前髪を搔きあげた。

「まいったな。こいつは、ホラー映画で血が騒ぐどころの話じゃなくなっちゃったね」

3

蟹江曜平がふたたび部室を訪れたのは三日後のことだった。

「すみません。思いもよらずご迷惑をおかけしまして」

深ぶかと頭をさげて謝る彼に、部長が「いいのいいの」と手を振る。

「それより体の具合はどう？　昨日、一昨日（おととい）と講義も休んだって聞いたよ。お医者さんには行ったの？」

「あ、はい。熱が三十八度まで上がったので、熱さましと鎮痛剤だけもらってきました。医者にはたぶん風邪だろう、って言われましたが」

かすかに彼は苦笑した。こよみが問いかける。

「胸の蚯蚓腫れは？　あのままですか」

「いいえ。半日くらいで治りました。まだちょっと痕（あと）はあるけど、ほとんど消えています」

「本が浮いたり、棚や机が動いたことは覚えてるのか」

「いえ」

森司の質問に曜平は首を振って、

「覚えているのは、映画の途中までです。えーと、女の子が悪魔祓いの儀式を受けて、壁にひびが入ったところまでかな。そのあとのことは全然」

と額に手を当てた。

「でも熱さましを飲んで家で寝ていたら、おかしな夢をみて……、昨日からは起きていても、その映像が目の前にちらつくようになりました」

「映像？　どんな？」

部長が問う。

「――あの映画のシーンに、よく似た光景です」

曜平はコーヒーをひとくち啜って、

「まずベッドが見えます。ベッドには若い男が寝かされていて、よく見ると縛りつけられています。おれの目線から男の顔は見えません。でも、声が聞こえます」

「どんな声？」

「怒鳴り声です。わめきちらしている、と言ったほうがいいかな。うるせえとか、ぶっ殺すぞとか、そんなような内容でした。まわりに人がたくさんいて、よってたかって男を押さえつけているんです」

彼は片手で顔を覆って、

「それから――それから視点が変わって、今度は逆に、おれがベッドに仰向(あおむ)けにされています」

「蟹江くんが？」

部長が眉(まゆ)をひそめた。

「そうです。押さえつけられている、自分の目線からの映像でした。天井が見えて、誰かの腕が、おれを組み敷いて――その向こうに、両親の顔が見えます」

唇を噛む。

「間違いなく本物の、おれの両親です。天井も見慣れた実家の天井でした。母がいまにも泣きそうにしていて、父は苦い顔で――誰かが馬乗りになっていて、おれはびくとも動けない。怖いのに、誰も助けてくれない。それからまた場面が変わって、家具が、ひとりでに動いたり、倒れたりして……」

呻(うめ)くような声だった。

「夢みたいな話ですが、夢じゃありません。これはたぶん、昔、現実にあったことで……なぜかと訊(き)かれても答えられませんが、わかるんです。感覚でわかるとしか、言いようがないけど、とにかくそうなんです」

曜平は顔をあげた。

「これって――どういうことだと思いますか？　まさかほんとうに、悪魔祓い？　でもそんなことって、現実にあり得るんでしょうか？」

彼は蒼白だった。額も頬も、冷や汗で濡れている。曜平は部長、森司、こよみと順に見まわすと、ためらいがちにシャツの袖を上腕までまくった。

そこには古い長い傷が数本走っていた。

文字とまでは読めなかったが、蛇行しながらはっきりと皮膚の上で白く浮きあがっている。

「一昨日までは、こんなふうにはっきり見えなかったんです」

曜平はシャツの袖を戻して、

「た——確かに一時期、うちは妙に宗教かぶれだった時期があるんです。知らない人が家によく出入りしていて、母が献金がどうとか、お祈りがどうとかって……。でもその頃のこと、おれはおぼろげにしか覚えてないんです。うまく言えませんが、思いだしちゃいけない気がして、無意識に考えないようにしていた、というか」

「わかるよ」

部長が首を縦に振る。

「そういうことってあるよね。家族の秘密だろうから、なんとなくだけ察して、あえて思いださないようにする。いわゆるスケルトン・イン・ザ・クロゼットってやつだ。子供っていうのは大人が思ってる以上に敏くて、適応能力も高い。新しい知識を吸収するかたわら、不必要なことはどんどん忘れていくんだ」

彼は組んだ指に顎をのせて、

「けど思い出したくないことなら、そのまま手をつけずに封印しとくって手もあるよ。覚えていたら心がもたないと脳が判断したからこそ忘れたんだろう。だったらそのまま思い出さないほうが、きみ自身のためかも」

その台詞に、ああそういえば、部長にもいまだに封印している記憶があったんだっけ、と森司は思いあたる。そして彼は「思い出さない」ほうを選択した一人であった。

しかし曜平はかぶりを振って、

「いえ、おれは——記憶を、掘り起こそうと思ってます」

と答えた。

「いまになって、蓋が開きかけているのはなぜなのか……たぶん、理由があるはずです。だったら自力で思い出したほうがいい。そのほうがきっと、今後のおれのためになると思うんです」

「なるほど」

部長は首肯した。

「わかった。それならぼくらも、蟹江くんの決断を尊重して協力するとしよう」

とあっさり切り替えて、

「でもそうなると、泉水ちゃんがまたバイトで不在なのは痛いなあ。八神くん、こよみくん、あのときなにか気づいたことはある？　恥ずかしながら、ぼくは動転しちゃって本と本棚のことしか覚えてないんだよね」

「あ、はい……」

おずおずと森司は手をあげた。

「おれもいまのいままで忘れてたんですが、あの、子供の声がしました。泣き声が」

「子供？」

「はい。ポルターガイスト現象が起こってる最中に聞こえたんですよ。怯えて、怖がってる子供の声です。長く聞いていたい声じゃなかったな。現象のもとは蟹江くんだろうって気がしたから、泉水さんに頼んで彼を失神させてもらいましたが」

「うん、あれはいい判断だったよね」

と部長はうなずいて、

「ほかにもなにか、視えたり聞こえたりした？」

「あとは映像の断片が見えたような、そうでないような。床に点々と血が落ちていて、誰かが倒れていて——でも映画本編と記憶が混ざってる可能性もあるし、あまり役に立たないと思います。すみません」

「いやいや、充分だよ。ありがとう」

部長は手を振り、顎を撫でた。

「うーん、日本にも魔を祓う儀式や魔除けの儀式は多いけど、蟹江くんの記憶どおり『献金』で『お祈り』と来たら、やっぱりキリスト教式かなあ。仏教ならそこは『お布か？」
「……あの記憶だと、やっぱりおれ自身が昔、悪魔憑きだったってことなんでしょう
施』で、神道なら『御祭祀料』もしくは『御玉串料』だもんね」
部長は首をひねって、
不安そうに曜平が言う。
「さあ、どうだろう。でもまだ一足飛びに結論に飛びつくことはないよ。ちなみに二十
一世紀の現代においても、悪魔祓いはバチカンでは日常的に行われているそうだ。むし
ろ依頼は増加する一方らしい。その証拠に二〇一四年には『国際エクソシスト協会』が、
教会法に基づく法人としてバチカン法王庁の正式な承認を得ている。会長のバモンテ司
祭がバチカンの認知を歓迎し、『悪魔払いは慈善の一つであり、悩める人のためのもの』
と当時語ったのを、ぼくもネットの新聞で読んだよ」
と言った。
「ただしバチカン法王庁は〝悪魔祓いを依頼する前に、必ず対象者が正式な医師にかか
ること〟を義務づけている。このあたりはまことに現代ふうだね。つまり精神的もしく
は肉体的に病気と診断された者は、その時点で悪魔祓いを受ける資格を失い、近代医学
での治療を受けなくてはならないんだ。『医学的に説明がつかない症状である、科学で
解明できぬ苦痛である』と診断された場合にのみ、患者やその家族がエクソシストに悪
魔祓いを依頼できるシステムなんだね」

「悪魔憑きって、日本人にはあまり馴染みがないですけど……一般的に、どういう状態を言うんですか？」

　森司が尋ねる。

　部長は答えた。

「そうだねえ。たとえば、知りえないはずの言語で話しはじめる。本人が知らないはずの事実や秘密を暴露する。ガラスの破片や釘など異物を吐き出す。それからポルターガイスト現象が付随して起こることが多い。あとは映画にもあったように、神を冒瀆する言葉を吐くだとか、聖水や十字架を嫌う、悪魔を称える言葉を口にする等かな」

「日本の狐憑きとは違うんですか」

「そのへんの区別は、またデリケートでむずかしいんだ」

　部長は肩をすくめて、

「悪魔祓い、または憑き物祓いは世界中あらゆる国で行われてきた。憑依の信仰がある国のほとんどすべてで、と言っていいだろう。ただしそのうち何パーセントが本物の憑き物だったかは、さだかでないね。さっきも言ったように、現代のバチカンでは精神病の可能性がある者はエクソシストに会えないことになっている。そこに至るまでに何百件、何千件もの失敗を重ねてきたからさ」

　と言った。

「たとえば一九九四年のエセックスでは、二十二歳の女性がエクソシストによって殴殺される事件が起きた。悪魔祓いのため、女性の兄弟に彼女を押さえつけさせて、肋骨(ろっこつ)が九本も折れるまで棒で殴りつづけたんだ。また一九八〇年のアメリカでは、牧師が〝イスカリオテのユダが憑いた女性〟を蹴(け)り殺したという事件も起きている。

また祓う側にも危険は及ぶようで、一九一四年に悪魔祓いを行ったアイルランドの司祭三人は、悪魔が憑いた家から弾き出されたばかりか、その後長く神経衰弱や脊髄(せきずい)膜炎などに苦しむようになったという」

彼はそこで言葉を切り、

「――狐憑きもそうだけど、まあいろんな意味で、人間ごときが軽々しく手を出していい相手じゃないってことなんだろうさ」

と肩をすくめた。

4

民家の袖垣(そでがき)から、ヘリオトロープの濃紫の花が覗(のぞ)いていた。

夕方にあった通り雨のせいか、アスファルトはまだ湿っている。どこからか醤油(しょうゆ)の焦げる香ばしい匂いが漂ってきて、アパートへの帰途をたどっていた森司は、反射的に胃のあたりを押さえてしまった。

――とはいえ、食欲はそんなにないんだよなあ。

昼に学食の素うどんを食べたきりで空腹は空腹なのだが、さほどの飢餓は感じない。なんというか胸がいっぱいで、そのくせ足もとがふわふわしている。

ここ数日というもの、彼は隙あらばぼけっと考えごとをしている状態だった。食事も睡眠も二の次になってしまっている。しかし布団にこもる時間は、いつもよりずっとずっと長い。

日が長くなったせいか、アパートの窓はまだどこも灯りをともしてはいなかった。外付けの階段をのぼる。鍵を開ける。

森司はまずサボテンにただいまを言い、かばんを置いて床に寝転がった。唇から、唸るような声が洩れる。

「今日も、こよみちゃんと話せなかったなあ……」

――って、当たりまえか。おれのほうで避けまくってるんだから。

森司は両掌で顔を覆い、肺から絞り出すようなため息をついた。

――駄目だ。いかん。

このままでは彼女と距離ができてしまう。せっかく初デートまでこぎつけたというのに、一歩前進どころか三歩も十歩も後退しそうだ。

どうにかしなくてはいけない。そうは思うのだが気ばかり焦って、彼女を目の前にするとでくのぼうと化してしまう。喉が渇き、胸が高鳴り、言葉のすべてが頭から消え去って、結局逃げ出す。その繰りかえしであった。

「こんなとき、誰かに相談できたらな……」

森司はまぶたを閉じた。

親友と呼べる存在なら、真っ先に思い浮かぶのは小中学校でいっしょだった津坂浩太(つさかこうた)である。しかし浩太には肝心の恋愛経験がない。相談したところで、なんら有意義な答えが返ってくるとは思えなかった。

中学時代といえば最近再会した景山(かげやま)というやつもいるが、これはこれで参考にならない。女性経験の豊富な彼に上から目線で説教されて、さらに心を折られる未来しか見えない。

――それに、できればこよみちゃんを知ってる相手のほうがいいんだよな。

そうなるとやはり、大学の知りあいか。

だが黒沼部長は「彼女いない歴イコール年齢」と常づね公言しているからして、相談を持ちかけてもきっと浩太と以下同文だ。泉水はあのルックスだからさぞモテるだろうが、バイトと部長の世話でそんな暇はなさそうである。また鈴木はといえば幽霊のカオリさんひとすじで、こちらも参考になりそうにない。

自他ともに認めるモテ男の小山内陣(おさないじん)という知りあいもいるものの、これは本命が同じく灘こよみであるからして話しにくい。第一デートしたことを知られたら、「八神さん、ずるい。抜けがけだ」と激しく恨まれそうである。

部長か泉水か、それとも鈴木か小山内か。

しばし森司は寝転がったまま思い悩んでいた。だがやがて心を決めると、むくりと起きあがり、帆布かばんから携帯電話を取りだした。


「――すみません。いきなり呼びだしちゃって」

居酒屋の暖簾の前でそう頭をさげた森司に、「いや」とかぶりを振ってみせたのは、黒沼泉水であった。

「ちょうどメシ食う前だったしな。ちょうどいい、安居酒屋で悪いが、たまには奢ってやるよ」

「えっ。いえいえ、そんな」

森司は直立不動の姿勢になった。

「おれが頼んで来てもらったんですから、おれが払いますって。だいたいバイトであんなに大変な泉水さんに、まさか奢ってもらうわけには」

「つまらん遠慮するな。確かにおれは苦学生だが、後輩に奢れないほど金がないわけじゃねえぞ。それに頼むのは焼き鳥とビールくらいのもんだろ。いちばん高いメニューでも、どうせ八百円かそこらの店だ」

言うが早いか、泉水は暖簾をくぐって入店した。鴨居に頭をぶつけないよう身をかがめ、小走りに寄ってきた店員に指を二本立ててみせる。

「二人。禁煙席で」

「はーい、二名さま、禁煙ごあんなーい」

声につられるように、慌てて森司も暖簾をくぐった。

十分後、森司はテーブルで泉水と向かいあってビールジョッキで乾杯していた。

分煙といっても高い衝立で遮られているだけなのだが、空調システムがあるせいか煙草の臭いはほとんど感じない。

まずは焼き鳥盛り合わせ、たこわさ、キャベツの塩昆布和えを頼んで、森司は早々に酔うことに決めた。この歳で、酔わずに心の内をさらけ出すことはむずかしい。

さいわい二杯目のビールで、ようやく口がほぐれてくれた。

「――というわけでですね、いままでは、しょせん望み薄だと思ってたんですよ」

たこわさを箸でつまみつつ、森司は赤い顔で言った。

「だからある意味、どっかで開きなおってたんです。どうせ無理なんだから駄目もとで気さくに接しよう、と。でも最近ですね……う、うまくいきそうな可能性が生まれてきた気がしまして。となるともう、そこからどうしていいか」

すきっ腹で飲んだせいだろう、いつもより回りが早いようだ。早くも呂律があやしい森司に、

「つまり欲が出てきたんだな。八神らしくもなく」

とキャベツを噛み砕きながら泉水が言う。

「さらに前進しようとしたはいいが、先のヴィジョンが見えなくて壁にぶつかった、っ

てとこだろう」

「そう——ですね。うん、そうです」

と森司はいったん同意して、

「でも妄想自体はいままで何百回、いや何千回となくしてきたんですよ。脳内シミュレーションと妄想ヴィジョンだけなら、おれはけっこうな百戦錬磨なんです」

「そりゃ付きあえてからの妄想だろ。おまえのことだから、告白までの明確な過程は毎度すっ飛ばしてたんじゃないのか」

「こ、告白」

森司の喉仏がごくりと動く。ジョッキを摑んだまま無反応になってしまった森司を、泉水が覗きこんだ。

「どうした八神」

「いえあの、『告白』という言葉の、あまりの重みに一瞬打ちのめされたというか……」

「いまさらかよ」

と泉水は吐息をついて、

「あのな八神、おまえ部活やってたんだろ？　だったらイメージトレーニングには慣れてるんじゃねえのか。えーとあれだ、対戦相手を想定して、得意なパターンも苦手なパターンも含む展開を思い描いて、何度も脳内で反復しながら、理想のイメージ通り動ける感覚を摑んでいくってやつだ。おまえもだな、自分に楽しい妄想だけじゃなく、そろそろ具体的に戦略を――」

そこまで言いかけて、泉水は言葉を切った。

「泉水さん？」

どうしました、と訊く森司に、泉水は奥のテーブルを顎で指した。

「いや、あそこに見慣れた黒のキャップが見えたんでな」

森司は目を凝らした。

二十人ほどが座れるテーブルでは、男女半々で学生たちが和気藹々と盛り上がっている。ただ半数以上はジュースや烏龍茶を飲んでいるようだ。ということはきっと新入生だろう。

泉水の言うとおり、いちばん端の席になるほど黒のキャップが見えた。つばを深くおろして顔を隠し、一人の男がうつむいて固まっている。遠目にも場に馴染めていないのが瞭然としていた。

視線に気づいたのか、黒キャップの男がふと顔をあげた。思ったとおり鈴木瑠依である。彼はぎくしゃくと立ちあがると、トイレへ向かうふりをして大きく迂回し、こちらのテーブルへとやって来た。

「八神さん、泉水さん。なんでここに……」

「おまえこそ、どうした」

青い顔を通り越して白くなっている鈴木に、森司は驚いて声をあげた。

「クラスの親睦会です。ＯＢの人らも参加することになって、場所が急遽居酒屋に……おとなしく飲んでようと思てたら、隣が女子学生で……おれ、ぐいぐい来る女子って苦手なんです。なんや裏があるんちゃうか、としか思えなくて、メンタルめっちゃ削られて……」

「わかった。よし、ここに座れ」

森司は鈴木の肩に手をかけ、急いで隣の席へ座らせた。

「おれと泉水さんの陰に隠れてろ。向こうがお開きっぽい雰囲気になったら、そのときにまぎれて戻ればいいさ。ビールでいいか？」

「肴もうちょい追加するか」

と泉水が店員を振りかえりかけたとき、頭上から声が降ってきた。

「あれ、泉水ちゃん。八神くんも？」

耳に馴染んだ声に、顔をあげる。

三田村藍が立っていた。いかにも出勤スタイルらしい細身のパンツスーツにパンプスで、ソフトトレザーのバッグを肩に掛けている。大人っぽくも美しい。とても学生御用達の安居酒屋にいる格好ではない。

「どうしたんです、藍さん」

「ん、ちょっと仕事でいやなことがあったから、一杯やって帰ろうと思って。ちょうど金曜だしさ」

と勧められてもいないのに、さっさと泉水の隣へ腰をおろす。

「とりあえずあたし生ね。あれ、鈴木くんまだ頼んでないの？　生でいい？　んじゃ揚げ出汁(だし)豆腐と冷やしトマト、あと焼き鳥も追加しよっか。え、泉水ちゃんの奢りなの？　じゃああたし半分出すわね。お刺身食べたい人、手挙げて——」

急にてきぱきと物事が進みだす。

その横で泉水が携帯電話を耳にあてた。森司が眉根(まゆね)を寄せる。

「……泉水さん？」

「こうなったら本家も呼ぶ。あとでばれたら、仲間外れにしたとかなんとか言って面倒くせえからな。すまん八神」

片手で拝まれ、

「いえ……」

と森司は思わず遠い目になった。


「そういえば八神くん、こよみちゃんとうまく話せなくなったんだって？」

あまりにも藍にさらりと言われ、森司はあやうく烏龍ハイを噴き出しそうになった。

「な、なぜそれを」

彼が咳(せ)きこみながら問うと、

「独自の情報網を張りめぐらせてあるのよ」

と軟骨の串に手を伸ばし、本気とも冗談ともつかぬ口調で藍は言った。

「でもまあ、人生にはそういうこともあるわよね。いいんじゃない」

予想外の言葉であった。思わず森司は目をまるくした。

「え――それだけですか」

「それだけとはなによ」

覿面に藍が剣呑な顔つきになる。慌てて森司は手を振り、

「いえあの、てっきりもっと叱られるかと」と弁解した。

藍が肩をすくめる。

「しょうがないじゃない。だってこよみちゃんとデートなんて、八神くんにとっちゃ清水の舞台から飛びおりるような一大事でしょ。大事件を経てなにひとつ変わらない人間がいたら、それこそ問題よ。変化があるのは別に悪いことじゃないもんね」

そう言いはなって漢らしく中ジョッキを呷る。そんな藍に、森司はまたも目頭が熱くなるのを感じた。

泉水さんといい藍さんといい、なんといい先輩たちだろう。おれは幸せ者だ。こんなヘタレのおれにはもったいない人格者ばかりだ。そう思わず手の甲で目をぬぐった森司に、

「ただし、十日ね」

と藍は言った。

「十日以内にそのうじうじは自力で解決しなさい。そうでない場合は、わたくしの手痛い教育的指導が入る可能性があります。おわかり？」

「お、おわかりです」

森司は急いで背すじを伸ばした。

「しかと了承致しました。魂に刻みました」

「よろしい」

重々しく藍がうなずく。

お誕生席に鎮座した部長がピーチフィズを啜りながら笑顔で、

「いいなあ八神くん、スーツ姿の藍くんに無料で説教してもらえるなんて。今度ぼくにも三十分くらいしてよ」

「え？　やあよ。なんで部長に」

藍が芯からいやそうに言った。その向かいで酔いに赤い顔をした鈴木が、恥ずかしそうにそっと挙手する。

「いやじつはおれもさっきから、八神さんええなあ、うらやましいと……」

「え、鈴木くんまで？」

藍があからさまに身を引く。

「なんの集団なんだ、これは」

心底呆れたように泉水が嘆いた。

5

翌日の土曜、オカ研一同は蟹江曜平を引き連れ、県内最大のカトリック教会へと向かった。

しっかり二日酔いの森司と鈴木の横で、一杯しか飲まなかった部長と、酒豪の藍とは涼しい顔をしている。

心配そうに二人へポカリスエットを差し入れするこよみに、

「男同士サシで飲んだらしいわよ。若いと羽目をはずしがちよねー」

と藍が説明的な台詞を吐く。

こよみだけ呼ばなかったと悟られぬための工作とはわかっているが、おれの倍くらい飲んだくせに、と森司はうつろな目を恨めしく藍へ向けた。ちなみに藍と同じくらい空けたはずの泉水は、今日も今日とてバイトである。

「八神くんと鈴木くんは、教会に着いたら休んでればいいよ。どのみち今日の主役は蟹江くんだしね。蟹江くん、あれから新たな記憶は戻った？」

「はい、すこしずつですが」

曜平は不安げに首肯した。

「でもどれも断片的で、あまり意味をなさないんです。はっきりしているのは当時、宗教に関係ある人が家に出入りしていたこと。両親ともに彼らを歓迎していたこと。母がいつも泣いていたこと――それくらいです」

「礼拝に行った記憶なんかはある？」

「いえ。例の人たちはいつも家に来ていましたから」

「そっか。じゃあこれがカトリック教会の初体験てわけだね。いい機会だからオカ研のみんなも見ておくといいよ。いまから入るのが国内のローマ・カトリック教会の中じゃ、正統派中の正統派ってやつだから」

その部長の言葉どおり、白い尖塔を掲げた建物に一歩踏み入った途端、眼前に広がったのは「まさに教会」としか言いようのない世界であった。

手前には信者たちが座るのだろう木製のベンチが並び、正面には祭壇、その右に説教壇、左に信徒用の講壇が設置されている。

祭壇の上部には十字架とキリスト像、講壇側にはマリア像。そして智天使や熾天使、聖杯などを描いたステンドグラスが、礼拝室に明るい春の光を投げ落としていた。

出迎えてくれた神父は、眼鏡をかけた柔和な顔つきの中年男性であった。

「お電話いたしました雪大の黒沼です。本日はお忙しいところ、お時間を割いてくださって恐縮です」

急遽『宗教史研究会』の代表と化したらしい部長が、慇懃にそう挨拶する。

「事前に申し入れましたとおり、『ローマ典礼儀礼書』についておうかがいしたく、お邪魔いたしました」

「ええ、レポートを書かれるそうですね。ではこちらへ。わたしのつたない説明で、満足していただけるとよいのですが」

そこからしばらく神父と部長の間で、専門用語ばかりのよくわからない会話が交わされた。その脇で森司は二日酔いをこらえ、つとめて平静な顔で、ときおり首肯したりと小芝居をしているほかなかった。

三十分ほどして、ようやく部長が本題を切り出した。

「典礼儀礼書の大半が時流に合わせて改訂されたのは、一九六〇年代なかばのことですよね。しかし悪魔祓いに関する部分だけは、なぜか一九九九年まで手付かずのまま改訂されなかった。神父さまは、その点についてどうお考えですか」

神父が微笑する。

「よくご存じで。ええ、しかし改訂されたといっても、悪魔祓いに関する内容はほぼ変わっていません。祈禱文も、戒告もそのままです。ただ新たな注意喚起が加わっただけですよ。〝精神病と悪魔憑きを混同してはならない〟、そして〝悪魔祓いの儀式をおこなうときは、最大限の慎重と注意を払うべき〟とね」

「失礼ですが、悪魔や地獄を信じておいでですか」

との部長の問いに、神父は目を細めた。

「悪魔は人の心の弱い部分につけこみます」

静かな声音だった。

「悪のあるところ、悪魔あり——とわたしは考えております。悲しいかな、人は弱く、悪に染まりやすい。悪の誘惑に負け、魔に憑かれた者には救いの手が必要です。ただし、そうですね……悪魔祓いに関して懐疑的になるお気持ちも理解はできます」

彼はまぶたを伏せて、

「やりかたを誤って殺人などに至った、痛ましいケースが過去に複数ありますからね。あれらは取りかえしのつかない過失でした。本来、悪魔祓いは正常な人間に対しておこなっても害はないはずなんです。あのように対象を直接暴行するのは、正しい悪魔祓いの儀式ではない」

と断言した。

「せいぜい必要なのは拘束具くらいのものです。ベッドへ寝かせ、暴れぬようストラップ等で縛ることはある。だがそれだけです。エクソシストが直に体に触れることはありません。必要な道具は銀と木で作られた十字架、聖水が入った散水器、聖油、頸垂帯、祈禱書のみです。そこに暴力は必要ないのです」

「キリスト教徒以外でも、悪魔に憑かれることはあるんでしょうか」

藍が尋ねた。神父はうなずいて、

「もちろんあります。とはいえ周囲や本人が、悪魔と認識するかどうかはさだかでありませんがね」

と言った。

「〝魔〟はどこにでもいます。そうでなければ世界各国で、悪魔や鬼、妖怪などの像があれほど似かよっている説明がつかないでしょう。ねじれた角、鋭い牙、蝙蝠や鳥獣のそれに似た黒い翼――。忌むべきものは名を変えただけで、あらゆる場所に、場面に登場します。そういうものです」

神父は微笑み、駄目押しのように言った。

「悪魔は、心の乱れに忍びこむのです」

「だ、そうだけど――蟹江くん、最近なにか心を乱すようなことでもあった？」

教会を出てすぐの紅茶専門店で、ろくな前置きもなく部長がそう訊いた。

紅茶にミルクを注ぎかけていた曜平の手が止まる。

その表情はあきらかに動転していた。図星を突かれた、と顔の真ん中に書いてあるかのごとくだった。

だが曜平はしばし、口をひらくのをためらっていた。

一同は彼が観念して切り出すのを待った。森司は「二日酔いにいい」と勧められたレモングラスのハーブティを啜り、部長と女性陣は眼前のケーキを片づけながら待ちかまえた。

結局曜平が〝観念〟したのは、部長たちがケーキをたいらげ、さらに追加したクッキ

―盛り合わせを半分以上胃におさめてからのことであった。

「じつはその……最近、失恋したんです」

森司の肩がぴくりと動いた。

同じくハーブティを飲んでいた鈴木が小声で「人の話ですから」とささやく。森司がうなずきかえす間にも、曜平は苛々と指を組んで、

「相手は……ずっと、好きだった女性です。おれの家庭教師をしてくれていて……大学に無事合格できたのも、その人のおかげです。でも彼女が、近ぢか結婚すると知って、その……」

「なるほど。それはつらいね」

部長が嘆息した。

「相手の女性は、蟹江くんの気持ちを知ってるの？」

藍が問う。曜平は無言で首を振った。

「そっか。でも、だったら駄目もとで告ってみるのも手よ。潔く当たって砕けたほうが、案外すっきりしたり……」

「軽々しく言わないでください」

森司が悲鳴のような声をあげた。

「当たって砕けろとか、勇気を出せとか、藍さんはしょせん外野だからそんな台詞が言えるんですよ。無責任に勧めないでください。いいですか、ふられたらすべてがそこで

終わりなんです。あきらめたら試合終了だなんてみんな言いますが、試合で勝負どころかコートにすら立てない自分を受け入れるにも、時間という癒しがある程度必要なんだ。〝せめてそれまでこの関係を保っていたい。台無しにしたくない〟という思いは罪ですか。安易な気持ちで、他人に告白という重大な行為を奨励しないでください」

「そうです」

　こよみが声を重ねて叫んだ。

「八神先輩の言うとおりです。告白してもし断られたら、いままでどおり近くにいることさえできなくなるじゃないですか。そんな恐ろしいリスクを冒してまでハードルを乗り越えるのが是か非か——本人がいちばん、昼も夜も熟考してるんです。だから簡単に言っちゃ駄目です」

　テーブルに数秒、沈黙が落ちた。なぜか藍と鈴木が、世にも哀れなものを見る目で二人を眺めていた。

　しかしその静寂を破ったのは、ほかならぬ蟹江曜平であった。

「……いいんです。告白しても無駄だってことはわかってますし、いまさら馬鹿をやる気もありませんから」

　自嘲（じちょう）するように彼は笑って、

「わかってるのに、結婚すると聞かされた日から、どうしても胸が晴れなくて、頭がそのことで一杯で。もしもの話ですが、そう——もしも阻止できるのなら、それこそ悪魔に魂を売り渡してもいいとさえ思いますよ」

6

蟹江曜平の実家は、さいわい市内にあった。バスで二十分ほど揺られた先の、閑静な住宅街である。

「悪魔祓いがあったらしき光景は、すべて蟹江くんが生まれ育った家のものなんだよね？　教会や、よその家じゃなくて」

バスを降りてすぐ、部長が尋ねる。

「掘り起こせた記憶の限りでは、そうです。うちは和室が多くて、天井の木目や襖に描かれた絵に特徴があるんですよ。畳に絨毯を敷いてベッドを置いて、仕切りの襖には瓢箪の絵があって……間違いなく、当時のおれの部屋です」

曜平は強張った頬でうなずいた。

「その鍼灸医院の看板を曲がるとすぐそこですよ。右から二番目が、おれの家――」

言いかけた言葉が、彼の喉で消えた。

袋小路の右から二番目に建っていたのは、なるほど和風の、築三十年は経つだろう一軒家だった。

木造の二階建てで、茂った柿の木の奥に引き戸の玄関がある。車庫のシャッターは閉まっていたが、庭先に頭から突っこむかたちでマークXが停まっているのが見えた。まだエンジン音がしている。どうやら、たったいま着いたばかりのようだ。

助手席のドアが開いて、スーツ姿の細身の女性が降りてきた。曜平に気づいて、ぱっと花が咲いたような笑顔になる。

「曜平くん」

かすかに曜平が唇を歪めるのがわかった。彼はおざなりに頭をさげて、

「どうも、ご無沙汰してます、衣川先生」

「そちらはお友達？　──あら」

彼女の目が見ひらかれた。

「もしかして……藍ちゃんじゃない？」

「ひさしぶり、萌実ちゃん」

萌実と呼ばれた女性が、途端にヒールを鳴らして駆け寄ってきた。藍の肩を摑まんばかりにして、

「やだあ。なんでここにいるの？　卒業式以来だよね？　え、ほんとになんで？　嘘みたい、曜平くんと知りあいなの？」

と急に子供っぽくはしゃぎだす。

その背後で、マークXの運転席が静かに開いた。降りてきたのは蟹江曜平とよく似た顔立ちの、しかし長身の男であった。彼より五、六歳は上だろう。かっちりとしたスー

ツにネクタイを締め、縁なしの眼鏡をかけている。

「おう、曜平」

と彼は手を挙げてから、萌実に向きなおった。

「どうした、友達かい？」

「そうなの。雪大で一般教養のとき同じクラスだった藍ちゃん。ごめんね、ひさしぶりに思いがけないところで会ったから浮かれちゃった」

「あたしも嬉しいわ。ところでそちらの方、ご紹介してもらっていい？」

藍が笑顔でうながす。萌実が「あ、そうだった」と赤くなって、

「こちら蟹江梗介さん。こんなふうに紹介するのはまだ慣れないけど、わたしの婚約者なの。今日は彼のご両親と結納の打ち合わせに」

「そうなんだ。おめでとう」

藍が祝福の言葉を述べた。その横で部長も「いやあ、おめでとう」と屈託なく微笑み、拍手をする。

つられて拍手をしながらも、だが森司は笑えなかった。

——どう考えても、さっき蟹江くんが言った〝好きだった家庭教師の先生〟って、この人だよなあ。

藍も部長ももちろん気づいているはずだ。しかし森司より食えない性格だからか、はたまた大人だからなのか、おくびにも出そうとしない。

――しかし衣川さんって、どうもどっかで見たような……。

会釈して邸内へ入っていく萌実と梗介を見送って、森司はぼんやりと思った。すぐそばで、ささやき声がした。

「衣川萌実さん。一昨年のミス雪大です」

途端に心臓が口から出そうになった。

言葉の内容に驚いたのではなかった。彼を仰天させたのは、それがこよみの声だったからだ。しかも近い。至近距離だ。瞬時に森司はその場に凝固した。関節が軋み、うまく彼女へ顔が向けられない。

「そ、そうなんだ。へえ」

上下の歯の隙間から、なんとか返事を絞り出す。われながらあきらかに挙動不審だ。不審人物すれすれだ。

見かねたらしく鈴木が、

「あーはいはい、一昨年のミス雪大ですか。どうりでコンサバ系の美人やと思いましたわ。なんていうんか、民放の女子アナにいてそうな」

と横から助け舟を出してくれた。慌てて森司もうなずく。

「そ、そうだよな。上品な人だった。知的で優しそうな感じの」

藍と同学年ならば、去年は四年生だったはずである。雪大生の彼女に指導され、曜平が同じ大学を目指したというのはごく自然な流れに思えた。そして生徒である彼が、彼女に思いを寄せてしまうことも。

「ねえ、さっきの梗介さんって、蟹江くんのお兄さんってことでいいんだよね？」

部長が曜平を振りかえった。

曜平は唇を嚙み、いまだうつむいて立っていた。無言で、部長の問いに浅いうなずきだけを返す。

かける言葉が見つからないな、と森司は思った。思い人の婚約者がよりによって実の兄では、さぞ胸には複雑な思いが渦巻くだろう。

「今日は出直そうか」

と部長は言ったが、曜平はかぶりを振った。

「いえ、どうせおれが昔使っていた部屋を見るだけですよね。親や兄貴たちは客間にいるでしょうから、邪魔さえしなけりゃ問題ないはずです。……すみませんが、庭にまわってもらっていいですか。縁側から入りましょう」

事前の言葉どおり、曜平が小学六年生まで使っていたという部屋は純和室だった。

「兄貴が東京に進学して家を出たので、二階が空いたんです。だから中学からは、おれが二階の部屋をもらえることになって」

まだ誰とも目を合わせる気分になれないらしく、曜平は早口で説明した。

畳に敷かれた暖色系の絨毯には、家具を置いていたらしい凹みの跡がいまだに残っている。廊下とは障子戸で、隣の部屋とは襖で仕切られていた。襖には朱房のついた飾り紐を波のようにうねらせた、二本のひさごが描かれている。なるほど特徴的な柄だ。

「昔は、どのへんにベッドが置いてあったの？」

部長が訊いた。

曜平は指をさして答える。

「このあたりです。押入れからほんのすこし離して設置してました。いまはがらんとしてますが、当時はベッドに背を向けるかたちで学習机があって、横に本棚があって……そのくらいかな。あんまりごちゃごちゃものを置くほうじゃなかったから」

「じゃあこのあたりで寝てたのね」

部屋の隅に積まれていた座布団を、藍が押入れの前に並べだす。部長が曜平の背を押して、

「ごめんね。ちょっと横になってくれるかな」

と言った。言われるがまま、曜平は座布団に仰向けになった。

「天井の木目を見てみて。どうかな、記憶とぴったり同じ？」

「はい、同じです。ちょうど真上のあたりに、オリオン座みたいに三つ並んだ木の節があって……間違いありません」

「そうか。じゃあ次は目を閉じて」

曜平はまぶたを閉ざした。部長が肩越しに森司へ目くばせする。

森司は鈴木を手まねきながら、曜平の脇に立った。藍を振りかえり、「灘といっしょに、襖ぎりぎりにいてください」と口の動きで伝える。藍が指でＯＫサインを出して応じた。

「蟹江くん、天井の模様を思い出せる？」

「……はい」

「いいよ。そのままじっと木目を見ていて。見慣れた模様だよね？　安心できるね？」

「はい」

「視線を下げていこうか。ううん、体は起こさなくていいよ」

部長が彼の肩をそっと押さえた。耳朶に口をつけ、低く優しくささやく。

「目も開けなくていい。ただ頭の中で、ゆっくり視点を下にずらしていこうか。そしたら、なにかが見えるんじゃないかな。蟹江くん、どう、なにが見える？」

「襖、が」

「襖か。そうだね」

部長は肯定した。

「その襖は開いてる？　それとも閉まってる？」

「開いて——ます。それで、向こうに、誰かいる。声が……」

曜平が呻くように言った。

「誰だろうね。顔は見える？　声はどんな声かな？」

「怒鳴ってる。怖い。お、おっかない声……」

曜平の声音が変わっていた。どことなく口調が幼い。おびえている。

彼はトランス状態に入っているようだった。短時間にしては深い没入ぶりだな、と森司は思った。なぜか一瞬、ひやりとした感覚が走る。だがそんな森司の心を読みとったように、部長が首だけで振りかえって「すぐ済ますよ」と小声で告げた。

曜平の唇がわななき、つたない言葉がこぼれる。

「ど、怒鳴り声、泣き声……誰か、泣いてる。ずっと、ずっと泣いてる……部屋はぐちゃぐちゃ。怖い……」

「うん、怖いね。だからきみは行っちゃだめだ。こっちの部屋から見ていればいいよ。ここは安全だからね。ぐちゃぐちゃなのは、隣の部屋かな？」

「違う……家じゅうどこも……。いっぱい壊れて、散らかって……」

曜平の喉仏が、ごくりと上下した。

「……怖いから、あぶないから、部屋にいなさいって……でも……」

「そうだよ。あぶないから出ていっちゃいけない。きみは、自分の部屋にいるんだ」

部長は言い聞かせた。

しかし曜平は首を振った。

「でも……でも、泣いてる。泣いてるから……行かないと……行か……」

「駄目だよ。行っちゃいけない」

「でも……だって……だって……」

曜平は首を振りつづけていた。

「簞笥が、ひとりでに倒れて……テレビも……ガラスが、割れて……いっぱい……あぶない、あぶない、あぶない……」

首の振りが次第に速まっていく。激しくなる。同時に彼の両腕が見えない糸で吊られたようにぐいと持ちあがり、音をたてんばかりに痙攣をはじめる。

森司は息を吞んだ。

曜平の体が、座布団ごと浮きあがりつつあった。

ほんの数センチだが、確かに畳から離れ、浮揚している。襖がかたかたと鳴りながら、鴨居の下で震えだす。

森司はなかば無意識に曜平へ飛びついた。跳ねる上体を押さえながら、

「鈴木、手を貸してくれ！」

と振りかえって叫ぶ。ほんのわずかな躊躇ののち、鈴木が曜平の足を抱えこんだ。次いで森司は藍に向かって声をあげた。

「藍さん、灘といっしょに避難――」

してください、と叫ぶいとまはなかった。

次の刹那、森司の視界は衝撃とともに塞がれていた。

数秒、なにが起こったか理解できなかった。冷たい。濡れてる。指先から床に水滴が

垂れて——と一つずつ自分の状態を認識していき、ようやく「ああ、水を浴びせられたのか」と彼は悟った。

目をあげると、眼前に花瓶を片手に持った部長が立っていた。

かたわらでは花瓶に挿してあったらしい花を手に、こよみが眉間（みけん）にこれでもかと皺（しわ）を寄せている。見慣れた表情だった。彼女がなにかを凝視するときや、もしくは心配しているときの顔だ。

どうやらこよみが隣室から拝借した花瓶を部長に手渡し、部長が中身の水を曜平めがけてぶちまけたという次第らしい。そのとばっちりを、もろに森司も喰（く）らったというわけだ。余談ながら、彼の足を押さえていた鈴木はまったくと言っていいほど濡れていなかった。

顔じゅうに水を浴びた曜平が、空気を求める魚のように口をひらいた。

「……っ、……」

水のせいで息苦しいのではないらしい。

両のまぶたが緩慢に上がっていく。乱れた髪が汗と水で濡れて、頬に、額にへばりついている。

部長にも森司にも目をくれず、しばし彼は天井のただ一点だけを睨（にら）んでいた。

瞳（ひとみ）が異様に収縮して見える。表情のないその顔は紙のように白く、石膏（せっこう）のデスマスクさながらだ。

歯を食いしばるようにして、彼は呻いた。

「わかった。――わかりました――」

「……わかったって、なにが」

張りつめた空気に呑まれつつも、そう尋ねたのは藍だった。

「わかったんです。視たんだ」

曜平は首をねじ曲げ、無表情を壊して絶叫した。

「――おれじゃない。兄貴だった。この家で悪魔祓いを受けていたのは――おれの兄の、梗介だったんです」

7

顔の広い藍の伝手をフルに使った結果、オカ研の呼び出しに応じてくれたその男は、やはり雪大のOB生であった。

ただし藍と萌実のさらに二学年上で、蟹江梗介とは高校時代にクラスメイトだったという。二十代にしてはやけに体形に貫禄のある男は、ファミレスのソファにそっくりかえって陽気に言いはなった。

「いやあ、つくづくお似合いのカップルだよな。衣川さんはあのとおり容姿端麗、頭脳明晰の才媛だろう。対する梗介は文句なしに優秀な男ときてる。いまどきこんなベスト

「女子に人気ってことは、なにかスポーツでも？」

ん『出来杉くん』さ」

があって、しょっちゅう呼びだされたり、告白されたりしてやがったよ。渾名はもちろ

「そう。理系の進学クラスだったから男ばかりでね。でも梗介は他クラスの女子に人気

と尋ねた。

「蟹江梗介さんとは、同じ進学クラスだったんですか」

なく顔をそらして、

紫煙を吐きだしながら、そう屈託なく笑う。森司は副流煙を吸いこまぬよう、さりげ

クラスの半分があいつに嫉妬してたよ。かく言うおれもその一人」

「で、なんだっけ？　ああ、梗介の話か。あいつはそりゃあ出来のいい男でね。たぶん

男は「ごめん、いいか？」と断ってから煙草に火をつけた。

「だろうな。物騒な記事の中に、たまにはいい話もなくちゃなあ」

昨今は殺伐とした事件ばかりですから、紙面の一服の清涼剤になりますよ」

「卒業したばかりの元ミス雪大が早くもご結婚なんて、じつに喜ばしいニュースです。

肯した。

今日は『雪大新聞部』の記者に早変わりした部長が、揉み手せんばかりに愛想よく首

「ですよねえ」

カップル、芸能人でもいないんじゃないか？」

「ああ、剣道部の副主将だった。確か県内ベスト8までいったんじゃなかったっけな。成績はいい、スポーツはできる、背も高い。美男子ってほどじゃないが、清潔感のあるシュッとした顔してるしで、そりゃモテて当たりまえだよなあ」

降参、と言いたげに男は両手を挙げてみせた。

「とはいえ衣川さんを射止めたのはさすがに驚いたよ。彼女、梗介の弟さんの家庭教師をしてたんだって？　それで出会ったってわけか、あいつはほんと運のいいやつだなあ。おれなんか在学中、衣川さんには声もかけられなかったよ、おそれおおくて」

と目を細める男に、部長が口をはさんで、

「なんだかぼくも話を聞いてるだけで妬ましくなってきますよ。とこれはもちろん冗談ですが、梗介さんってそんなに完璧な方なんですか。妬ましさついでに訊きますけど、どこかに欠点はないんですかね？　たとえば人知れない二面性があるとか、陰じゃ評判がいまひとつよくないとか」

「はは、だったら面白いんだけどな」

気を悪くした様子もなく、男は大笑いした。

「残念ながらあいつは、女より同性に人気のあるタイプなんだ。頼りがいがあって男気があって、後輩にも好かれていたよ。弱きを助け強きをくじく正義の味方ってやつだな。だからあいつがファイナンシャルプランナーなんて片仮名職業に就いたのは、正直なところ意外だったね。おれはてっきり……」

ふと言葉を切った。部長が問いなおす。

「てっきり、なんです？」

「いや、なんでもない」

と彼は煙草を口の端で噛んで、

「ま、梗介はとにかく骨っぽい男だったよ。いまどき珍しい〝硬派な男〟ってやつか。いやあ、ちょっと持ちあげすぎちまったかな。でも嘘は言ってないぜ」


また蟹江梗介を幼い頃から知っているという、近所に住む元教師はこう証言した。

「ほんとうに申し分のない子ですよ。挫折知らずとか、順風満帆っていうのはああいう子の人生を言うんじゃないかしら」

薄紫に染めた白髪を彼女は手で撫でつけて、

「優秀な成績で県内の進学校を卒業でしょう。そして東京の有名大学に進んだのち、地元の大企業にUターン就職。おまけに今度は、あんな美人のお嫁さんをもらうだなんてね。親御さんもさぞ鼻が高いでしょうよ。うちの不肖の息子と比べると、ちょっぴり憎らしくなっちゃうくらい」

「ですねえ。ぼくも梗介さんのお話を聞けば聞くほど出来すぎていて、裏があるんじゃないか、なんて勘ぐりたくなりましたよ。ははは、これだから俗人は駄目ですね」

とふたたび部長が、それとなく水を向ける。

「裏ねえ。ふふ、わたしは見たことないけど、あるかもしれないわね。『うちの子は外面ばっかりよくて』って、蟹江さんの奥さんがうっかりこぼしたことがあったもの。さすがの梗介くんでも反抗期はそんなものなのね、って逆に微笑ましかったけれど」

「そういえば弟の蟹江くんとは、すこし歳が離れているんですよね。兄弟仲はどうだったんでしょうか」

その問いに元教師は小首をかしげた。

「さあ、とくにいいとも悪いとも聞いたことはないわ。男同士で六つも離れていると、そんなものかもしれないわね。本気の喧嘩はしないでしょうし、かといってべったり仲良くすることもないでしょう」

「一時期、蟹江家が宗教に傾倒していた、と小耳にはさんだのですが、それについてはなにかご存じですか」

「あら」

元教師は急に硬い声になって、

「……あんなの、ほんのいっときのことですよ」

と視線をそらした。

「せいぜい半年ってとこだったんじゃないですか。すぐにやめちゃったんだから、べつにどうってことないわ。いまはその手の人たちとは完全に縁を切っているようだし――ええ、どこから聞いたのか知りませんけど、梗介くんの縁談に差し障るほどのことじゃありませんよ」

ときっぱり断言した。

「お兄さんに関しては、みんな手ばなしの誉めようだったね」

部室に戻ってすぐ、部長がそう嘆息した。

「ご祝儀の意も多少はあるでしょうが、みなさん心から言っている様子でしたね」

と森司も同意する。藍が腕組みして、

「外面がいいってフレーズはすこし気になったけど、言ったのが親ならそうおかしくはないでしょうね。うちの母親だって『お兄ちゃんは外でだけ愛想がいい』って、よそでしょっちゅう愚痴ってるもの」

「それはともかく、当時の蟹江家が宗教に傾倒しとったのは間違いないようですな」と鈴木。

「なにかがあったとしたら、やっぱりそこ絡みとちゃいます？　蟹江くんの発言は結局、お兄さんへの逆恨みが産んだでたらめでは」

「でも自宅で『わかった』と叫んだときの蟹江さん、本気でしたよ」

こよみが眉(まゆ)をひそめて言った。

「嘘を言っている様子には見えませんでした。心底そう思っての言葉だったはずです」

「だよね。ぼくもそう思う」

部長はテーブルに肘(ひじ)をついて、

「ただ幼少期における記憶の改竄(かいざん)というのは珍しいことじゃないからね。忘却と同様の自己防衛機能に過ぎない。そのままのかたちで覚えていたら心に負荷がかかって耐えられないから、脳が心をだましてやり過ごすシステムだよ」

と再度ため息をついた。

「ストレスでポルターガイストが起こるくらいだから、あの家で〝なにか〟があったのは確かだろうさ。でもいまのところ、衣川さんの問題と過去の問題とがごっちゃになっちゃってるのがネックだな」

「ごっちゃというか、それがきっかけという可能性はないですか？」

森司は言った。

「いまになって記憶の蓋(ふた)が開きかけるのは理由があるはずだ、って蟹江くん自身も言ってたじゃないですか。たとえばですけど、彼が同じようなショックや心の傷を過去に受けていて、それが――」

そこまで言いかけたとき、軽快な着信音が遮った。

部長が片手を挙げる。

「ごめん、ぼくの携帯だ。ちょっと待っててね」

ポケットから出した携帯電話の画面をざっと確認してから、彼は顔をあげた。

「蟹江くんからメールだったよ」

その面は、なんともいえぬ複雑な表情を浮かべていた。

「衣川さんとお兄さんの結納が、二日後の大安に決まったそうだ。……しかも親御さんの希望で、彼も出席しなきゃいけないらしいんだってさ」

8

「五月はどこのお庭も華やかでいいわねえ。見てよ、あのお宅の薔薇。真っ赤なフリル咲きで、とっても豪華。うちもああいうの植えようかしら」

うきうきと足取りも軽い母の横で「ああ」と父が生返事をする。

父さんと母さんはいつもこうだな、と彼らの数歩後ろを歩きながら蟹江曜平は思った。すぐに「うちもああいうのを」と言い出す見栄坊の母を、父が「ああ」、「そうかい」と聞き流すのがお決まりだ。いつもそこに会話らしい会話はほとんどなかった。

だがさすがに今日ばかりは、そんな態度では済むまい。なにしろ兄の梗介の結納当日である。大安で、休日で、きれいな五月晴れだ。申しぶんのない日だ。

料亭やホテルではなく、古式ゆかしく女性側の実家で取りおこなうことに決まったのは何箇月も前の話らしい。「家を見れば暮らしぶりもわかるでしょうから」と、向こうのご両親の希望だそうだった。

父の車に親子三人乗って出発したのが、今朝の九時。近くの有料駐車場に車を駐め、衣川家までの道のりを歩きはじめたのが、つい二分前のことであった。

兄の梗介は実家へ寄らずアパートから直接向かうという。時間にきっちりした兄のことだから、きっと先に着いているだろうと曜平は思った。

「なに言ってんだよ、馬鹿、やめろって」

ふいに背後から声がした。

窮屈なカッターシャツの衿に苦労しながら、曜平は肩越しに声の主を見やった。

男子高校生らしき制服の二人組が、親しげにじゃれあいながら歩いている。部活用だろうエナメルバッグを肩にかついだ方が、相棒を強めに小突いた。

「うるっせえよ、殺すぞおまえ」

つづいて高い笑い声が響いた。

反射的に曜平は、さっと彼らから顔をそむけた。

ただの冗談だ、と自分に言い聞かせる。そう、ただの冗談だ、あんなのは親しい者同士の軽口に過ぎない。なのになぜだろう、耳から離れてくれない。殺すぞおまえ。殺すぞ。殺すぞ。殺すぞ――。

「ねえ、あちらのお宅じゃない?」

母の声が耳を打った。

はっとわれにかえり、曜平は目線をあげた。

なるほど『衣川』と表札を掲げた背の高い門柱が見えた。短い飛び石が、庭先から玄関までつづいている。まるで通路はこちらですと指しめすかのように、手入れのいいジャーマンアイリスが片側にずらりと咲き並んでいる。

「まあ素敵。うちの庭もああいうのが欲しいわねえ」

「しっ」

さすがに父が諌めた。

居住まいを正し、玄関のチャイムを押す。応答したインターフォンに父が名乗ると、待ちかまえていたように玄関戸がひらいた。

「ようこそいらっしゃいました。衣川でございます。本日は遠いところをご足労さまです」

「こちらこそ、お招きいただき恐縮です。こちら、つまらないものですが」

挨拶を交わす両親同士の背後で、三和土に兄の靴があるのを曜平は見つけた。やはり先に来ていたらしい。周到なことだ、と彼は唇を曲げた。

通されたのは座敷だった。

床の間には松に鶴亀図の掛け軸、青磁らしき壺。右側の違い棚には、これも青磁らしき焼き物が並んでいた。まさか今日のために急ごしらえで揃えたのではないだろう。付け焼刃ではない、統制のとれた上品さであった。

結納の支度は本来婿側のみでおこなうらしいが、「さすがにそれは」と衣川家が申し出、両家総出で調えることになった。

萌実の父が「仲人をやったことがありますから」とてきぱき事を進め、十五分と経たぬうち、全員が結納の席に着くこととなった。

上座に蟹江家、下座に衣川家が、それぞれ扇子を前にして座る。

仲人はおらず、両家両親と、梗介と萌実、萌実の祖母、そして曜平が向かい合うかたちだ。

曜平の父が咳払いして、

「えー、このたびは、お宅さまのお嬢さまの萌実さんと、わたくしどもの長男である梗介のご婚約に同意いただきまして、えー、まことにありがとうございます。本日は心ばかりですが、結納の品をお届けに参りました。幾久しく、どうぞお受けを――」

つっかえつっかえ慣れない口上を述べる。

曜平はその場に呆然と座っていた。

いまだに現実感がない。

衣川先生が兄貴と婚約？　結婚？　まったく胸に迫ってこないのに、そのくせ胃のあたりが得体の知れない焦燥で焼けつくようだ。

目のふちを赤く染めてうつむいている衣川先生。その向かいで端整な顔を保っている兄。澄まして座っている母。しきりに汗をぬぐっている父。

おかしい、と思う。おかしい、こんなはずがない。

なぜみんな、こんな和やかにしているんだ。なにもなかったかのようなふりをしているんだ。穏和なふりで皮をかぶって、柔らかな物腰を装って。

　こんなのはおれたち家族の姿じゃない。

　おれが子供の頃に見てきた、あの家族像じゃない。

　兄貴は、衣川先生にそれを隠しとおすのか。隠したままで結婚するのか。愛しているならどうして。兄貴も両親も、どうして——。

　その刹那(せつな)、鼓膜の底でよみがえる「殺すぞ」という罵声(ばせい)を、彼は確かに聴いた気がした。


　異変に最初に気づいたのは萌実の祖母だった。

　室内のどこかで、なにかが鳴っていた。かたかた、かたかたと、かすかだが一定の律動が聞こえる。

　彼女は若い頃から視力が弱く、そのぶん耳がよかった。老いてなおその感覚は研ぎ澄まされていた。袂(たもと)から眼鏡を出し、目をこらした。

　一瞬、祖母は地震だと思った。

　揺れている。床の間の前に緋毛氈(ひもうせん)を敷き、目録や熨斗(のし)を載せて置いた白木の台が小刻みに揺れていた。かたかた、かたかたという音は、台の足が床の間の角と打ちあたって鳴っているのだった。

　しかし彼女は言いだすのを迷った。

年寄りの錯覚かも、と己を疑ったせいだ。それになにより、大事な孫娘の結納の最中だった。いまだけは邪魔をしたくなかった。

ちょうど婿側の口上が終わり、我が息子が型どおり目録をあらためている。ゆっくりと頭をさげる。

「結納の品々、目録どおり相違ございません。まことに結構なお品、ならびにご丁寧なご挨拶をありがとうございました」

どうやら無事に終わりそうだ、と彼女はほっとした。あとは「幾久しくお受けいたします」の言葉ののち、盃を交わせば結納は九分どおり完了である。やはり余計な口をはさまなくて正解だった、と思った。

そうして祖母は笑顔で正面に首を戻し——絶叫した。

向かいに座った花婿の弟の両頰に、文字のような蚯蚓腫れが真っ赤に浮きあがっていた。白目を剝いている。正座したまま、彼は瘧のごとく激しく痙攣していた。

なにかの発作だ、と祖母は座布団から腰を浮かせた。

救急車を呼ばなくては。一一〇番、いえ一一九番だ。電話。確か子機が廊下に。

しかし立ちあがりかけた彼女を、隣の萌実が肩を摑んで畳へ押し倒した。祖母は目を白黒させ、起きあがろうとして凍りついた。

孫娘の肩越しに、螺鈿細工の漆盆や、末広の扇子が躍りあがっているのが目に入った。宙に浮いている。透明な手で操られてでもいるように、袱紗が、家内喜多留が空間を舞っている。熨斗袋がひとりでにひらき、中身の紙幣が紙吹雪のごとく頭上から降りそそぐ。

ふたたび彼女は悲鳴を放った。

荒れ狂う座敷のただ中に、蟹江曜平は一人で立っていた。

激しい嵐が巻き起こっていた。緋毛氈や白木の片木台が、小竜巻にでも巻きこまれたかのように浮きあがり、凄まじい速さで回転していた。

しかし違い棚の青磁は微動だにしない。床の間の掛け軸がひるがえることもない。

兄が、両親が、頭をかばうように畳へ伏せているのが見えた。衣川先生の――萌実の両親も同様だった。萌実は祖母をかばうように覆いかぶさり、ひたすらに身を縮めている。

「思い、出した」

うつろな声で、曜平は言った。

「そうだ、思い出した――。あの頃、家はいつもめちゃくちゃだった。テレビは割れて、本棚は倒れて、電話線は切られて――、知らない人が、いつも出入りしてた、宗教の人。お祈りして、代わりに、うちからお金をどんどん持っていく人」

口調が幼くなる。表情が弛緩し、唇がだらりと垂れる。

それとともに、遠い記憶が鮮明によみがえる。

ああそうだ。倒れていたのは母だ。泣いていたのも母だ。家をわがもの顔で出入りしていたのは、なにやら長ったらしい名前の、キリスト系新興宗教の信徒たちだ。

なぜなら両親があの頃、彼らを頼っていたから。他にもうすがる先はありませんとまで絶望していたからだ。

――絶望の、理由は。

遠い日の光景がまぶたの裏へ浮かぶ。

ベッドへ仰向けに、数人がかりで押さえつけられている若い男がいる。暴れている。もがいている。声を限りにわめいている。

「離せ、糞が」、「やめろ」、「くそったれ」、「馬鹿野郎」、「うるせえ」、「死ね、死んじまえ」、「殺す」、「おまえら、全員ぶっ殺してやるからな」。

押さえつけている男たちが見える。例の信徒たちだ。そして父だ。そして唾を飛ばしてわめきつづけている、仰向けの男。その顔はやはり――。

「兄さん！」

曜平は叫んだ。

「兄さんだ！　兄さん！　悪魔なんかじゃない！　あんた本人だ！　兄さんだ！」

地団駄を踏み、頭を掻きむしった。

そうだ、あれは悪魔憑きなんかじゃなかった。幼い彼の目には兄が悪霊にでも取り憑かれたように映り、友人宅で見た映画のイメージと相まって、いつしか記憶ごとすり替えられてしまったけれど――違った。

当時、弟である彼は小学生だった。兄の梗介は高校生だった。

兄は荒れ狂っていた。家庭内暴力が、あの頃の蟹江家を席捲していた。

父も、母も、彼も、つねにおびえていた。いつ梗介がまた爆発するか、父のゴルフクラブや金属バットを手に、家具や家電をぶち壊しはじめるか。一挙手一投足に気を遣って、びくびくと過ごしていた。

兄は利口だった。外に面した窓や、玄関から客間に至る経路にあるものはけして打ち壊さなかった。

優等生の兄。文武両道の兄。自慢の兄。しかし家に一歩入れば、その顔はがらりと変わった。まさしく悪魔か悪鬼としか思えぬ形相であった。

しかし一家は表向き、平常どおり暮らした。画面にひびの入ったテレビを見て空虚な笑い声をあげ、壊れた食器の代わりに紙皿や紙コップで食事をとり、割れた洗面所の鏡で歯をみがいて出勤し、登校した。

両親はついに宗教にすがった。

実際、信徒たちは親身になってくれた。兄を取り押さえようともしてくれた。異様な風体の団体が入りびたるようになった蟹江家を、近隣住民は「おかしな宗教にかぶれたらしい」と奇異な目で見るようになったが、当時の両親は彼らを頼るほかにすべを持たなかった。

「おれの体の——この腫れは、昔あんたに付けられた傷だ」

畳に伏せたままの兄に、曜平はそう怒鳴った。

「おれの背が伸びなかったのは、昔あんたに、何度も骨折させられたせいだ。親はあんたを恐れて、ろくに病院にも連れていってくれなくて——骨が、正常に発達しなかった。ぜんぶ兄さんのせいだ」

躍りあがっていた漆塗りの切手盆が急降下し、兄の背をしたたかに打った。梗介が低い呻き声をあげる。

「どうしてなんだ」

曜平は叫んだ。

「優等生の外面を保つのが、そんなにストレスだったのか。だからその鬱憤を、おれや母さんにぶつけていたのか。それを——それを隠したまま、衣川先生と結婚するつもりだったのかよ」

兄の背中へ指を突きつけた。

「次の犠牲者を、先生にする気だったのか」

応える声はなかった。曜平の語尾が、涙でぼやけた。

「あんたの体面を保つために——そのための人身御供に、今度は先生を選んだのか。許せない。そんなの——そんなの、見過ごせるわけないだろう」

兄の家庭内暴力は一年ほどつづいた。

おさまったきっかけは、皮肉なことにやはりポルターガイスト現象だった。あの日も梗介は母に馬乗りになり、殴りつけていた。曜平は兄を止めようとし、飛びかかったが払いのけられた。

曜平は吹っ飛び、柱に頭を打ちつけた。その瞬間耳の後ろから、ざわり、と得体の知れない感覚が湧きあがったのを、彼はおぼろげに覚えている。

気がついたときには、茶簞笥（ちゃだんす）が兄めがけて倒れていた。つづいてテレビが台ごと畳を這（は）い、茶簞笥とともに兄を両側から挟み潰（つぶ）そうとした。兄は悲鳴をあげ、茶簞笥を肘（ひじ）で防いだ。仕切りガラスが割れ、破片が兄と母に降りそそいだ。

会社から帰宅した父が見たのは、上半身裸で、背と言わず腹と言わず、ガラスの切り傷まみれになって唸（うな）っている兄と、泣きじゃくる母、そして壁際で放心している蟹江曜平の姿だった。

不思議なことに兄の切り傷はすべて、服を着たなら隠れる箇所にのみ集中していた。そしてガラスの破片は母をほとんど傷つけていなかった。

父は母に「梗介の手当てをしろ」と命じ、嵐が巻き起こったあとのような室内を黙々と片付けた。そしてその晩は、次男坊を抱きしめて眠った。

その日を境に、兄の暴力はぴたりとおさまった。

次第に蟹江家は信徒たちと疎遠になり、近隣住民に「宗教をやめたらしい」、「目が覚めたのね」とひそやかに噂された。

ポルターガイスト現象は俗に、女子供のいる家で起こりやすいと言われている。そして多くの場合、彼らは家族をはじめとする集団の中で抑圧されている。

当時の曜平はその典型的な例だった。子供で、日々の暴力におびえており、かつその感情を表に出すことを許されていなかった。

兄の家庭内暴力が止むと、両親はすべてを「なかったこと」としてふるまうようになった。

ポルターガイスト現象についても同様だった。父は淡々と壊れた家具や家電を新調し、母は食器をあらためて買いそろえ、兄はなにくわぬ顔で学校へ通った。

ぎくしゃくしたのはほんの半年ほどだった。彼らはともに夕飯をとり、テレビを眺め、ときにはバラエティを観てなごやかに笑った。

日々に忙殺されるうち、いつしか曜平はすべてを忘れた。

海馬の中へ血と暴力の記憶をしまいこみ、平穏な生活に順応した。

「東京の大学へ進学したい」

やがて兄はそう言い、両親もすんなりとそれを受け入れた。教師は合格に太鼓判を押し、予備校でも兄はA判定を受けた。

兄が無事大学に合格し、実家を離れるとともに曜平は中学生になった。

ポルターガイスト現象はあれ以後、二度と起こらなかった。耳の後ろから力が湧きあがるようなあの感覚も、すっかり消え失せてしまった。

兄の梗介ほどではないにしろ、彼もそこそこの模範生として中学、高校時代を過ごした。

目立つタイプではなかった。小柄な体軀がコンプレックスでもあった。しかし家族の中でなぜ自分だけ身長が低めなのか、疑問に思うことはあれど、その理由は思い出しもしなかった。

衣川萌実と出会ったのは、高校二年の春だ。

彼は早い段階で地元国立の雪越大学に志望校を絞っていた。兄のあとを追って上京する気はなかった。雪大志望なら雪大生の家庭教師がいいだろうと、派遣センターが送りこんでくれたのが彼女であった——。

「先生に、手を出すな」

食いしばった歯の間から、曜平は唸り声を洩らした。

「やさしい人なんだ。おれが合格できたのも先生のおかげだ。その人には、幸せになってほしいんだ。なのになんでおまえが——おまえが！」

悲痛な声を振り絞った。

と同時に、違い棚に置かれていた花鋏が角度をつけて浮きあがった。

鋏の刃は広く、鋭く、傍目にもよく研がれていた。数回宙を跳ねるように躍り、鋏は刃先を下にしてまっすぐに梗介の首すじへと急降下していった。

しかし、

「やめて！」

という叫びが空気を裂いた。

萌実の声だった。

鋏は梗介の首に触れる寸前でぴたりと止まった。竜巻に巻かれたかのように回転していた毛氈や、扇子や、共白髪、目録や袱紗なども、同様に空中で静止した。

曜平は呆然と立ちつくした。

祖母に覆いかぶさったまま、顔だけをあげて萌実が彼を見ている。視線がまともに合った。彼はうろたえた。

宙に静止していた結納品の数々が、音をたてて畳へ落下した。

曜平の父は血の気を失って蒼白だった。母は能面のような無表情だった。萌実の両親は呆然とし、祖母は心臓に手をあてて喘いでいた。

梗介が、ゆっくりと上体を起こした。

彼は振りかえり、弟を睨みつけながら立ちあがった。眉は吊りあがり、怒りで顔が紅潮していた。首から上に血が集まり、膨れあがって見えた。

兄が歩み寄ってくるのを曜平は立ったまま待ちかまえた。

鼻先で兄が立ち止まる。身長差は二十センチ以上あった。しかし曜平はひるまなかった。正面から睨みかえした。

梗介の顔がくしゃりと崩れた。

「……いまさら――どうして」

涙声だった。

「いまさら、なんだよ。――いまここで、むしかえすようなことか？　昔のことだ、そんなのぜんぶ、終わったことだろうが――」

「兄貴の中では、そうなんだろうさ」

曜平は平板な声で言った。

「でもおれにとってはそうじゃない」

梗介が拳を握るのがわかった。その拳は小刻みに震え、太い血管が浮いていた。関節が色を失うほどきつく握りしめている。

しかし曜平はつづけた。

「殴るのか？　殴りたいなら殴ればいい、昔のように」

薄氷のような沈黙があった。

「どうした、殴れよ。――衣川先生の前で昔みたいに、おれの骨が折れるほど殴ってみせろ」

だが梗介は動かなかった。

ゆっくりと弟から目をそらし、兄はうなだれた。噛みしめた唇に血が滲んでいるのが見てとれた。その横顔はひどく老けて映った。

曜平は兄の傍をすり抜け、とってつけたように一礼して座敷を出た。三和土で靴を履き、玄関を出る。

地を蹴って彼は走りだした。

9

公園のベンチに、曜平はうつむいて座っていた。

夕暮れの公園には、すでに人影はなかった。空はまだらな黄とサーモンピンクに染まり、東の方角から徐々に紺を濃くしていた。どこかで甲高くクラクションが鳴っている。さかんな犬の吠え声が、多方から重なっては途絶える。

「曜平」

かけられた声に、彼は顔をあげた。

母が立っていた。スーツの衿もとや袖に皺が寄り、髪が乱れている。きっと畳に伏せ、両腕で頭を抱えていたせいだろう。

彼が謝罪の言葉を口にする前に、母はさえぎるように言った。

「思い、出したのね」

曜平はわずかに息を呑み、そして「うん」とうなずいた。

——ああ、思い出したさ。

あの頃の兄がどんなに恐ろしかったか。どんなに気の休まらない暮らしだったか。

兄の暴力は母に集中していた。母をかばって、彼自身もしょっちゅう殴られた。口の中に広がった、なまぐさい血の味。舌で探った欠けた歯の違和感。なにもかも鮮明に思い出せる。

母が彼の前へと膝を突いた。ストッキングで覆われた膝が、湿った土に浸る。汚れるよ、と曜平は言おうとした。だが母は独り言のように、

「あんたは、いつもそうだわ」

ぽつりと声を落とした。

「え？」

「いつもそう――せっかくみんな、忘れたふりでうまくいっていたのに。どうしてあんたはいつもそうなの。どうしてそうやって、いつもいつも、肝心なときにすべてをぶち壊すのよ――」

逃げるいとまはなかった。

気づけば母の鉤爪のような両手が、曜平の喉に深ぶかと食い込んでいた。

母がのしかかってくる。恐ろしい力だ。母の怒りで歪んだ真っ赤な顔を、曜平はひどく間近で見た。汗が匂い、火薬に似たきなくさい香りが鼻を突いた。

殺気の匂いだった。

すこしずつ霞む視界の中で、兄の顔が母そっくりなことを、いまさらながら彼は思い知った。

血走って膨れあがった眼球。唇がめくれあがり、覗いた歯列。相貌は害意をたたえ、ぎらぎらと脂汗で光っている。

兄の顔だ。いや違う、これは母の顔だ——母そのものの顔だ。

その刹那、記憶を覆っていた最後の殻が弾け飛んだ。

あれは曜平がまだ十歳になる前のことだ。珍しく、母の友達が家に遊びに来た。友達は「母の元同僚」だと名乗り、ケーキの箱を彼に手渡してきた。

母もその友人も、彼をほんの子供だ、どうせ意味などわかるまいと思っていたのだろう。居間でケーキをたいらげ、ゲームをつづける彼を放って、二人はぺちゃくちゃと話しつづけていた。

「まさか前科者のあんたが、ちゃっかり一戸建ての専業主婦におさまるとはね。旦那さん、昔のこと知ってるわけ？」

「やだ、やめてよ子供の前で。ていうか知ってたら、こんなふうにしててらんないでしょ。つまんないこと聞かないでよ」

「あはは、それもそうだ」

そしてその会話から何箇月も経って、ふと曜平は頭の片隅に浮かんだ言葉を父に問いかけたのだ。

「ねえお父さん、ゼンカモノってなに？」

「なんだ、いきなりどうした。テレビでも観たのか？」

「違う。お母さんの友達が遊びに来て言ってた。『ゼンカモノのあんたが、イッコダテのセンギョーシュフにおさまるとはねー。ダンナサン、昔のこと知ってるわけー』って」

鸚鵡のように抑揚なく繰りかえした彼に、父の顔が目に見えて強張った。しかしそのときの曜平には、まるで意味がわからなかった。

――母には結婚前、横領の前科があったのだ。

業務上横領罪で、以前勤めていた会社に彼女は訴えられていた。初犯であり反省の色が濃いとして執行猶予がついたが、起訴されたという事実はむろん残った。

父はその夜、母を問いつめた。

「おまえは向こうへ行っていなさい」と曜平は部屋へ追いやられたが、足音を殺して廊下を歩き、障子戸の横で盗み聞きをした。

両親の激した声が途切れ途切れに聞こえた。

「……横領なんて……いったいなにに金を……何百万も……」

「なにに使ったかなんて……バッグや服……まわりに合わせようと、必死で……いまは反省して……」

そして、兄の悲鳴に似た怒号がかぶさる。

「どうしてくれるんだよ！　父さんだって母さんだって、おれの夢は知ってるだろう！一等親が前科持ちだなんて――警察官は採用試験で、身辺調査されるんだぞ！」

兄の梗介が幼い頃から警察官を目指していたことは、曜平とてよく知っていた。兄の怒声に怖くなった彼はそっと自室へ戻り、布団をかぶって寝てしまった。

その日を境に、兄は荒れるようになった。

外では相変わらずの優等生だった。しかし家に一歩入った途端、母に怒りをぶつけ、殴り、蹴り、荒れ狂った。

かばおうとした曜平も殴られた。あの頃の梗介にとって、彼は弟ではなく「家庭の秘密を暴いた敵」の一人だった。

父は梗介を止めようとしながらも、立場を決めかねているようだった。結果、暴力はエスカレートし、他人の手を借りなくてはならないほど悪化した。

――母だった。

首を絞めあげられ、苦しい息の下、曜平は思った。

諸悪の根は兄よりも、むしろ母にあったのだ。

教会で聞いた、神父の言葉が脳裏によみがえる。

――悪魔は人の心の弱い部分につけこみます。

――〝魔〟はどこにでもいます。

母の赤黒く歪んだ顔。満面にたたえられた憎悪と怒り。額に、首に浮いた血管。泡を溜(た)めた唇の間から洩(も)れる呪詛(じゅそ)。

「あのときも、あんたのせい……あんたがよけいなことを……忘れていればいいものを……いまいましいガキ……おまえさえいなけりゃ……」

ああ、ここに本物の魔女が――〝魔〟がいる。

曜平の喉がぐうっと鳴った。

喉頭の軟骨が圧迫され、軋んでいやな音をたてる。視界が霞んでいく。

肺が空っぽだ。世界が遠い。意識がいまにも途切れそうだ。

意識が――。

次の瞬間、母の体が力任せに引き剝がされた。

喉から手が離れる。同時に口から、鼻孔から、酸素がどっと雪崩れこんでくる。

曜平は喉を押さえ、ベンチから転がり落ちた。

急激に吸いこんだ酸素のせいで胸が痛い。喉が焼けるようだ。涎と涙と洟で、顔がぐしゃぐしゃだった。咳で全身が揺れ、跳ねた。肋骨にまで響く疼痛が走る。

「蟹江くん、大丈夫？　蟹江くん」

どこかで聞いた声だ、と思った。

ああそうだ、大学の先輩の――なんだっけ、なんとか研究会の、部長。

その背後に部員たちの顔も見えた。みんな心配そうにこちらを覗きこんでいる。

母を引き剝がしてくれたのは、どうやら後ろにいるあの巨漢の先輩らしい。女性が携帯電話を耳にあてている。おれに、救急車を呼んでくれるのだろうか。

おれに――。

安堵(あんど)して、曜平は意識を手放した。

10

「このたびはどうも、ご迷惑をおかけしました」

部室のパイプ椅子に座った姿勢で、蟹江曜平は深ぶかと頭をさげた。

「いやあ、ぼくらはべつに迷惑なんてこうむってないよ。それより、喉の具合はもういいの？」

黒沼部長が愛想よく笑って言った。曜平が顔をあげて、

「おかげさまで、翌日には退院できました。その足で、衣川先生のお宅にもお詫(わ)びに行けましたし」

「その衣川さんだけど、許してくれたか？」

森司はおそるおそる尋ねた。

たとえどういう事情があるとも、結納という一生に一度あるかないかというイベントを台無しにされたのだ。とくに女性ならば思い入れは強かっただろう。もし怒りがおさまらなくとも無理はないと思えた。

曜平はほろ苦く笑った。

「正直、ぶん殴られるのを覚悟で行ったんです。でも土下座で謝るおれを、先生は笑っ

て許してくれて——。『籍を入れる前にわかってよかった。婚約はいったん白紙にしたけれど、彼とはまた一からよく話し合います。充分な時間をかけて、新しい結論を出していくわ』だそうです」

「立派な女性だなあ」

森司は感じ入って唸った。

「藍さんも言ってました。『萌実ちゃんは感情的に怒る子じゃないから、誠心誠意説明した上で謝ればわかってくれる。横からオカ研が口添えする必要はない』って」

とこよみが言った。

曜平はうなずいて、

「はい。先生のほうは、さいわいそれで放免になりました。兄貴にもあとで謝られましたよ。『済んだことだなんて言って悪かった。おまえの体を見るたび、謝らなきゃと思うのにできずにいた』——ってね。で、おれからも謝って、兄弟間は一応の手打ちって感じです。問題は、両親ですね」

「ご両親、どうかしたの?」

「いまさら離婚話が持ちあがってるみたいです。あの件を機に、また母の使い込みが発覚したらしくて……。浪費癖って治らないんですね。確かに見栄っ張りなところがあるとは思ってたけど、あそこまでとは思ってませんでした」

彼はかぶりを振って、

「でもまあ離婚になろうとどうなろうと、おれはノータッチを貫きます。謝られたからって、実際すぐに兄や父を許せるってわけでもないし……。父が言うには『学費のことは心配するな』だそうですが、いざとなればバイトでもなんでもして稼ぎますよ。まわりにも、そうやって通ってるやつらはいる」

「だな。意外に苦学生も悪かねえぞ。バイトから正社員に登用されて、まともに就活するよりよっぽど早道だったって話もよく聞くしな」

と現苦学生の泉水が同意する。

そこで言葉を切り、曜平がうかがうように上目で部長を見た。

「それでですね、最初は仮入部ということでオカ研に来たわけですが、その、おれ……」

「ああ、いいよいいよ」

部長が苦笑した。

「入部するつもりがないのは早い段階でわかってたしね。でも気が向いたら、ふらっと寄って顔を見せていってよ。コーヒーとお菓子くらいなら、いつでも出せるからさ」

森司は売店でシャープペンシルの芯を買い、そのついでに財布の中身を点検した。

残金はあと二千八百二十円であった。

確かアパートに五千円札を残してきたはずだから、あと八千円弱か、と思いを馳せる。

このぶんなら来週の仕送り日まで断然余裕だ。一人暮らし三年目にして、節約のこつを摑みつつあるかもしれない。

——浪費癖なんて、おれには縁のない話だなあ。

なにしろ高い時計や靴とは無縁だし、車もないし、煙草も吸わない。ゼミの飲み会にもほとんど参加せず、家で飲むとしてもせいぜい発泡酒くらいのものだ。

おまけにグルメどころか、なにを食べても「うまい」か、「そこそこうまい」としか思わない。すべてにおいてこんな調子だから、金をかけるべき対象がない。

——まあ彼女でもできたら、すこしは違ってくるんだろうけど。

そう思った瞬間、廊下の窓を艶やかな黒髪ショートボブが横切った。

森司の胸がどくりと高鳴る。

周囲が目を見張るような早足。横顔でもわかる、眉間に寄せられた深い皺。ブックバンドでくくられた教科書を胸に、前方をまっすぐ見据えて脇目もふらず歩いていくその姿は。

——こよみちゃん。

森司はうろたえた。

彼女などという単語を思い浮かべた途端、あの子を見かけるなんて。これはなにかの啓示か、運命か。いやそれともただの幻覚か。このところまともに話せていない結果の禁断症状、灘こよみ欠乏症が成せる幻なのか。

——いやもう、どっちだっていいや。

森司は駆けだした。

廊下を走り、開けはなしたままの扉を抜けると、教育学部前の通路に出た。

目指す背中は、すでにだいぶ遠くなってしまっている。

十日ね、と藍の言葉が耳の奥で再生された。十日以内にそのうじうじは自力で解決しなさい。そうでない場合は。

「灘！」

森司は叫んだ。

光を弾く黒髪が立ちどまり、振りかえる。

勢いあまって彼女を数メートル通り過ぎ、急ブレーキ気味に止まってから、森司は慌てて駆け戻った。

こよみに近づきながら、しまった、なにを言うか決めていなかった、と森司は悔やんでいた。呼び止めたはいいが、なにひとつ脳内での青写真が描けていない。ええと、なんだっけ。十日。そうだ十日。ていうか、あれから何日経ったっけ——。

「五日！」

右手の指を思いきり広げて突き出しながら、森司は言った。

こよみが目をまるくする。

彼女と約一メートルの距離で対峙しながら森司は、

「ごめん灘。いろいろあって――というか勝手なおれの事情で、うまく話せなくてごめん。でもあと五日！　五日のうちに克服してみせる。五日以内にまたきみと、もとどおり話せるようになるから、それまで待っててくれ。ほんとうにごめん」

とまくしたて、頭をさげた。

なんとも言えぬ静寂があった。

いかん、と森司はようやくわれにかえった。一方的に言い切り、頭をさげたままではいいが、このままでは顔があげられない。

――こよみちゃん驚いてるだろうな。というか、意味がわからないよな。

同じサークルの男子学生がドライブに誘ってきたり、はたまたいきなりしゃべらなくなったり、あげくの果てに「五日待ってくれ」って、なんだそれ。支離滅裂だ。おれが女の子ならば要注意人物として間違いなく避ける。たとえ藍さんに取りなされたとしても、今後の接触はやんわりとお断わりするレベル――。

とそこまで考えたとき、

「はい」

と涼しい声が頭上から聞こえた。

「五日ですね。わかりました」

森司は顔をあげた。

目の前に、微笑むこよみの顔が見えた。

幻覚ではない。本物だ。その証拠に風がそよいで彼女の髪を揺らし、かぐわしい香りを運んでくる。さすがに、幻覚に香りはあるまい。

「お――」

森司はごくりとつばを飲んだ。

「お願いして、いいかな。あと、い、五日」

「はい」

とこよみはうなずいてから、

「ところで、その五日間……あの、リハビリ、しなくていいんですか？」

と小首を傾げるように尋ねてきた。

「へ？」

森司が目をぱちくりさせる。

こよみはわずかに目を伏せて、言葉を継いだ。

「なにがあったのかわからないですけど、克服とか、もとどおりになるってことは、リハビリが必要なんじゃないかと思って。もしそうならわたし、お手伝いします。よかったら、いっしょにこのあたりを一周――、とか」

「え、あ……いいの？」

森司は間の抜けた声を発した。

「おれはもちろん、いいけど……、な、灘がいいのなら、是非」

「わたしも、先輩がいいのなら是非」

「は、はは……」

どうしていいかわからず、森司はとりあえず笑った。というより、顔が勝手ににやけたので、表情に合わせて笑い声をあげるほかなかった。

結局森司はその後、こよみとその場を四周した。

さすがにこれ以上彼女を歩かせるのはどうか。そうだ、涼しい店へお茶に誘おう、と気づくまで歩きつづけた。

肩を並べて進む二人を、五月の太陽が見おろしていた。

第二話　夜ごとの影

1

「幽霊の誤解をとくには、どうしたらいいでしょう？」

経済学部の二年生と名乗った入江順太は、困惑の色もあらわに部長へそう問いかけた。

そもそもの話は、三日前の夜にさかのぼるという。

順太は一人暮らしの自宅で、せっせと明日の準備にいそしんでいた。

画用紙に描いた線のとおりに鋏で切りぬく。左右対称な絵を同じく切りぬき、割り箸を挟んで貼りあわせる。

ちなみにこの〝自宅〟は一軒家で、借家ではなく正真正銘彼本人が所有する物件だ。

ただし築八十年近い古家で、家と言うよりすでに骨董の域に入っている。

もともとは、曾祖父が建てた家であった。曾祖父亡きあとは祖父が継ぎ、さらに長男の伯父が継いだはいいが、伯父の奥さんが早世した後は一度も再婚せぬまま、彼もまた一昨年の暮れに亡くなった。

子供のいない伯父の財産は、自動的に唯一の兄弟である順太の父が相続することになった。そのうちのひとつが、この家である。

ちょうど寮を出てアパートを探そうと思っていた息子に父は、

「なら家をやるから、おまえここに住め」

とあっさり一軒家を生前贈与してしまった。

家屋のあまりのボロぶりを見て順太は「いやさすがにこれはちょっと」と難色を示したのだが、

「水回りはリフォームしてやるし、畳も新しいのにしてやる。そのくらいの金はこっちが出すから」

と、父母に強行に押し切られてしまった。そしてそのリフォームが終わったのがつい先月、というわけだ。

――でもまあ、住めば都とはよく言ったもんだよな。

器用に鋏を扱いながら順太は思った。

この家へ本格的に入居してからわずか十日だが、すでに肌に馴染みつつある。伯父が元気だった頃は、父に連れられてよく遊びに来たものだ。もともと畳の生活は好きだし、近しい親戚の家だけあって、壁や柱に沁みついた匂いもどこか好ましい。

インテリアが趣味だという友人が、

「古い家？　いいじゃねえか。流行りの和モダンに改装してやるよ」

と、入居前に面白がってさんざんいじってくれたのもありがたかった。床の間にフリーマーケットで買った飾り棚を置いてみたり、煤けた蛍光灯の笠をとっぱらって球形のランプに替えたり、はたまた壁紙と襖を張り替え、ポトスやパキラなどの観葉植物で窓辺をいろどった結果、黴くさかった家内は一気に見違えた。

――おまけにリフォームのおかげでトイレはウォシュレット付き。風呂は追い炊き機能付き。収納も充分。

またご近所も昔から見知った気のいいご老人ばかりで、ちょっとした力仕事をやってやる代わり、野菜や果物をもらえるのも嬉しいおまけであった。

――いっそこのまま、一生ここに住みつづけちまおうかな。

耐震補強リフォームってできるよな？　白蟻被害なんかも今度業者に見てもらわなきゃいけないな、などと考えつつ、順太は切りぬいた狸の絵に、裏側から黄いろのセロファンを貼りつけた。

色付きセロファンはじつに便利だ。

黄いろのこいつをアーモンド形にくりぬいて真ん中に縦線を描き、顔に貼りさえすれば、子供たちは「目が爛々と光っているのだ」と記号的にすぐ理解してくれる。

ライトに赤いセロファンを貼ってスクリーンを照らせば夕焼けになるし、こまかな穴をあけた紺のセロファンを貼ればただちに夜空となる。影絵の上映会には、なくてはならない強い味方だ。

「うん、今日のはいい出来なんじゃないか」

出来あがった狸と、柴を積んだ背負子をかついだお爺さんの影絵人形に、順太は自画自賛の笑みを浮かべた。

「最初の頃に比べたら、ずいぶん手慣れてきたよなあ。この背負子のディテールとか、われながら芸術だろ、やべえな」

男の独り暮らしの弊害といえば、こうして独り言が増えることくらいか。

順太は悦に入って人形をくるくる回しながら、そうだ、ライトを当てて確認してみようと思いついた。

せっかく広い家に引っ越したのだ。襖を開けはなせば、影絵上映にも充分なスペースがあるはずだ。

――そういえばあの白いクロスを貼った壁が、スクリーン代わりにちょうどいいか。

順太は立ちあがり、いそいそと電灯を消した。

本格的なライトはさすがに用意できないため、なるべく大きめの懐中電灯を卓袱台にセットした。

人形は基本、横向きの姿で製作する。割り箸の部分を持って、反転させるだけで進行方向を示すことができるからであった。これもまた、記号的なお約束というやつだ。

懐中電灯のついでに冷蔵庫から持ってきた缶のウイスキーソーダを啜りながら、順太は光の前に狸の影絵人形をかざした。

「えーと……なんだっけな。えー、〝昔むかしあるところに、お爺さんとお婆さんが住んでいました。ある日お爺さんは、畑を荒らす悪い狸を捕まえて『お婆さんや、悪さばかりするやつを捕まえたよ。今晩の狸汁にしてしまおう』と〃……」

うろ覚えの『かちかち山』を適当に語りだす。

「……〃お爺さんが畑へ戻ってしまうと、狸はお婆さんに『縄が痛いよ、すこし緩めておくれ』と頼みました。優しいお婆さんはつい、かわいそうになって〃……」

お婆さんの人形はまだ未作成だが、どうせ観客はいない。

狸の人形だけを使って、話を進めていく。

「〃しかし縄を抜け出た狸は、あっという間にお婆さんを殴り殺してしまいました。そしてお婆さんを鍋に突き落とし〃……」

残酷な話だなあ、とあらためて順太は思った。

ついでにウイスキーソーダの缶を、がぶりと呷る。

子供の頃はこの残酷な部分にこそ魅力を感じたものだが、いざ自分が大人になってみると「このまま子供に聞かせるわけには」と躊躇する気持ちがよくわかる。

こりゃあチームでよく話しあってみなきゃな、と考えつつ、彼は缶を置こうとした手をふと止めた。

——なんだ、もう酔ったかな？

壁に映った人形の影絵が、なんだか二重に見える。

いったん脇へ立てかけておいたお爺さんの人形に、横顔がもうひとつ重なっている。

順太は目をすがめて缶の表記を読んだ。内容量五〇〇ミリリットル。アルコール分九パーセント。

確かにビールよりは強いが、こんなに早く視界が霞むほどのものじゃない。

いま一度、順太は白い壁へ目を凝らした。

途端、お爺さんの横顔が——いや、重なった影が、人形から魂がするりと抜け出すかのように立ちあがった。

だがそれは老爺ではなかった。

子供だった。おそらく五、六歳ほどの男の子だ。シルエットだが、いさぎよい坊主頭でTシャツにショートパンツを穿いているのがわかる。

ひょいと男の子の影が、ライトの円形の光からフレームアウトした。

慌てて順太は懐中電灯に飛びつき、逃げた男の子を探した。襖をあちこち照らすが、見あたらない。次に障子を照らす。

と、五、六歳の男児の影がはっきりと障子に浮かびあがった。

さっきとは違い、等身大の子供の影絵である。身長は一メートルをすこし超えたくらいだろうか。棒きれのように細い手足がいかにも俊敏そうだ。

懐中電灯片手に、順太は呆然としていた。

目の前で起こっていることが信じられなかった。

なんだ？　この子供は、いったい誰だ？　どうしておれの家に——いや、なんだって人形から出た影絵がひとりでに動きだしたりする？

まずどこから疑問に思っていいかわからない。混乱のあまり、思考回路がショートしている。悲鳴をあげるべきなのだろうか。だが声すら出ない。

呆気にとられて動けない順太の眼前で、男児の口が横向きのまま開いて動きだす。

――なにを言ってるんだ？

順太はつい、身を乗りだした。

気味が悪い、とは思う。恐怖もある。だが目の前の子供の訴えを、彼は無視できなかった。それはここ二箇月の経験で身に沁みついた習性と言ってよかった。

男児の口が「エ」のかたちに動く。「エ」、「エ」、「イ」……。

そこまで読みとった途端、

「――出て行って」

エフェクトをかけたようにくぐもった、男の子の声が室内に響いた。

声とともに影絵の唇が一分の狂いもなく動くのを、順太は確かに見た。握りしめたウイスキーソーダ缶が、手の中で音をたててひしゃげた。

「……出て行ってよ、おじさん……」

男児の影が、目に手をあててうつむく。

「知らないおじさん、……ここは、ぼくのおうちなの。ぼくの家を取らないで。お願い、お願い……」

「いや、その」

順太は動転した。しかし、つづく言葉が出てこなかった。

――ここはいまおれ名義の家だよ、と言えばいいのか？　でもこの子相手に、果たしてそんな台詞が通じるだろうか？

いやそもそも、この子は誰なのだ。伯父夫婦に子供はいなかった。ならばいったい――どこの子だ？

唖然として動けない彼をよそに、

「お願い、おじさんがいると、うちのみんなが帰ってこなくなっちゃうよ。いやだよ。そんなのいやだ。お願い、早く出て行ってよ……」

悲しげな啜り泣きが、古家へと静かに響きわたった。

2

「――と、いうわけなんです」

いかにも弱りきったふうに、入江順太はかぶりを振ってみせた。

「ふうむ。でもその家は入江くんの曾祖父が建てたもので、住んでたのもきみの一族ばかりなんだよね？」

鼻先にずり落ちた眼鏡を持ちあげ、部長が問う。

「その男の子の正体に、心当たりはないの？」

「じつは、あります」

　順太は即答した。

「そのときは思いあたらなかったんですが、この一件があってすぐ親父に電話したんですよ。『おかしなもんが出たぞ、どういうことだ、ここは幽霊屋敷だったのか』ってまくしたてたら、親父が『ああそりゃ、きっと弟のタカシだ』って――」

「タカシ？」

　森司が訊きなおす。順太は彼のほうを向いて、

「はい。うちの親父は男ばかりの三兄弟だったらしいんです。長男が先日亡くなった伯父の篤で、次男がおれの親父である功。そして三男が、六歳のとき交通事故で死んだという叔父の喬です」

　と答えた。

「祖父母はずっと駄菓子屋に毛の生えたような商店をやっていたそうで、タカシ叔父さんが三、四歳のとき、資金繰りが難航して借金取りが家に居座っていた時期があるようです。親父が言うには、叔父はそのときのことを覚えているんじゃないか、と」

「なるほど。見慣れない入江くんを、六歳のままの叔父さん――いやタカシくんは、借金取りの怖い人だと思っているんだね」

　部長がうなずいた。

「いままでは長男である伯父さん、つまりタカシくんのよく知るお兄さんが住んでたから、問題なかったってことなのかな。内装も大きくいじったりせず、タカシくんが見慣れた家、見慣れた人が住みつづけていたってことで」

「だと思います」

こよみから手渡されたコーヒーを、順太は神妙な顔で一口含んだ。

「ところで入江くん、影絵が趣味なの？」

部長が尋ねた。

「え？」

虚を衝かれたらしく、順太がぽかんとする。

「いや、さっきの話に出てきたからさ。大学生の男の子が自主的に影絵人形をつくるのは珍しいなって思って」

「ああいや、自主的というか……じつはボランティアをやってるんです」

恥ずかしそうに順太は言った。

「影絵って意外と子供たちに受けがいいんですよ。こんだけアニメやSFXの技術が上がった時代に、そんなアナクロな……って最初はおれも思ったんですけど、なぜかどこの施設へ行ってもそこそこ受けるんですよね。そうなるとおれも、現金なもんでつい力入れちゃって」

「ボランティアで児童施設を回ってるのか。えらいなあ」

森司は思わず感嘆した。しかし順太は手を振って、

「いやあ、そんな誉められるようなもんじゃないんです。もともとは単位が欲しくて、点数稼ぎにはじめたってだけだし。でも二回三回と行くうちにハマっちゃってね。おれ、根がお調子者なんで、喜んでもらえると図に乗っちまうんです」

「そんなことないって。充分誉められることだよ」

本心から森司は言った。

一見して順太はいかにもいまどきの大学生といったファッションだ。今日は暖かいを通りこして蒸し暑いというのに、テーラードジャケットにハットまで合わせている。頑張りすぎだろ、そんなにモテたいのか、と言いたくなる。なのに人間は見かけによらないものだ、と森司は己の先入観による偏見を恥じた。

「で、入江くんとしてはどうしてほしいの？」

部長が言う。

「最初の言葉だと、タカシくんこと叔父さんが、もう家に現れないようにしてほしい、ってわけじゃないんだよね？」

「そうです」

順太は首肯した。

「へんな話ですけど、親戚だからか、そんなに怖いって感じがしないんですよね。だいたい先に住んでたのはタカシ叔父さんのほうなわけだし、おれに出て行かせる権利なん

かないじゃないですか」

「だねえ」

「となれば共存の道をはかるのがいいと思うんですけど、向こうはおれのことを怖がって、とにかく『出て行って』の一点張りで――」

順太はハットを取り、苛立ったように髪を掻きまわした。

「とにかくおれが借金取りでも悪者でもなく、ただの無害な親戚だとわかってほしいんですよ。――ねえ。どうやったら、幽霊の誤解ってとけますかね？」

3

「本日はお時間を割いてくださってありがとうございます。北聖学館三年の、安西千歳と申します」

入江順太が退去してわずか二時間後、部室を訪れた女子学生はパイプ椅子に背すじを伸ばして、端然とそう挨拶した。

すこし長めの髪を編みこみにしたヘアスタイルに、古着らしき麻のワンピース。緊張でやや頬の線が硬いが、笑ったらきっと可愛らしいだろうと思える色白の童顔であった。

「いらっしゃい。藍くんの後輩なんだってね？」

と微笑む部長に、

「はい、今日は三田村先輩のご紹介でうかがいました。こちらつまらないものですが、どうぞ皆さんでお召しあがりください」

と、千歳はしゃちほこばって洋菓子店の箱を差し出した。

箱の中身は色とりどりの、宝石のごときショートケーキ群であった。さすが藍の後輩だけあって教育が行き届いている、と森司は感心した。一分の隙もない。

しかし対する部長は、

「ありがとう。じゃあさっそく、ぼくはこの苺のをもらうね。安西さんはどれにする？せっかく買ってきたんだから、早目に好きなの取っておかないと損だよー。みんなもほら、選んで選んで」

と緊張感のかけらもなかった。

遠慮しながら千歳も手を伸ばし、全員でケーキをひとつずつとコーヒーをたしなんだ頃には、部室内の空気もすっかり打ちとけていた。

部長が二杯目の甘ったるいカフェオレに口をつけて、

「今日は藍くんはお仕事だから、代わりにぼくたちが話をうかがうよ」

とことわりを入れた。順太のときにはバイトで不在だった泉水と鈴木が戻り、現部員の五人が全員揃ったかたちである。

「彼女からさわりだけ聞いたんだけど、安西さんのアパートに幽霊が出るんだって？」

「はい」

　千歳は膝の上で拳を握りしめた。

「まだ越してきたばっかりの部屋なんです。いままで住んでいたアパートの大家さんが亡くなって、遺族の方に『もう賃貸経営はやめるから、三箇月以内に出て行ってほしい』と宣告されたのが一月末のことでした。さいわい敷金と更新手数料は返してもらえたから、引っ越し費用はなんとかなったんですが、同じくらいの家賃の物件がなかなか見つからなくて……。やっと入居できたと思ったら、これです」

「ということは、お安い物件なんやね」

　元事故物件に住んでいた鈴木が言った。

「不動産はたいがい、安いイコールわけありやから。〝出た〟としても意外やないよ」

「はい。それは知ってましたし、正直、覚悟もしてたんですけど」

「けど？」

「なんというか、予想を超える展開で……」

　千歳は困惑顔で、言葉を探るようにしながら話しだした。

　やはり話は、三日前の夜にさかのぼるという。

　千歳は歯みがきを済ませ、パソコンの電源も落とし、就寝の準備をはじめていた。

「ガスの元栓よし。戸締りよし。給湯器消した。ポットも抜いた、と」

　いちいち指さし確認するのは子供の頃からの癖だ。最近ではほとんど入眠儀式の一部となりつつある。

「さて目覚ましセットして、スマホはその横に置いて、と」

あとは軽く読めるエッセイの文庫を持って、枕もとのスタンドだけを点け、お気に入りの毛布に包まれれば完璧だ。

引っ越しでばたばたして、ここ数日というもの〝完璧な入眠儀式〟とはご無沙汰だった。

おかげでよく眠れず、講義の最中に何度も船を漕いでしまった。ゼミの演習で居眠りしなかったのが御の字である。ただでさえ厳しい教授なのだ。来るべき卒論に向けて、なるべく心証をそこないたくなかった。

千歳は電灯を消してベッドにもぐりこみ、

「そういえばこのスタンド点けるの、引っ越してきてからはじめてだっけ」

と、なんとはなしシェードを撫でた。

中学生のときに買ってもらって以来、愛用している品であった。

赤と濃橙のガラスをモザイク状に接ぎあわせたシェードと、鎖を引いてスイッチをオンオフできるアンティークふうのデザインが気に入っている。これを点けると光が壁にシェードの色と模様を浮かびあがらせて、まるで影絵のように美しいのだ。

千歳は枕の角度を調節し、文庫本をひらいた。

今日選んだエッセイは伊丹十三の『ヨーロッパ退屈日記』だった。すでに何度となく読んだ内容だが、寝る前にはそれがちょうどいい。どこから読みはじめても筋がわかるし、どこで読みやめても悔いがない。

スパゲティをフォークに巻きつける指南のくだりまで読んで、千歳はふっと目線をあげた。

――あれ、なんだろう。

このところの睡眠不足で、目が霞んでいるのか。それともただの錯覚か、はたまた気のせいだろうか。

壁に映ったスタンドの光が、かすかに揺らめいていた。

赤いガラスを透かしているためか、光も赤く染まっている。

揺らめきが次第に大きくなっていく。身をくねらせるように、たゆたうように、壁の上で生きもののように徐々に成長していく。

――生きもの？　ううん、違う。

火だ、と千歳は直感した。

あれは炎だ。立ちのぼる炎。闇に浮かびあがる火影――。

ぎしり、とベッドが軋んだ。

ふいに膝に重みを感じ、千歳は壁から目を戻した。そして、息を呑んだ。

膝の上へ、黒い影が這うようにのしかかっていた。

暗くて顔はよく見えない。ただ上目づかいに睨みつけてくる双眸だけが光っている。

憎悪をたたえて、油膜のようにぎらついている。

女だ。目鼻立ちも体型もわからないのに、それだけははっきりと伝わる。二十代からせいぜい三十代の女だ。

千歳はベッドの上で凍りついていた。

恐怖で体が動かない。射すくめられてしまっていた。

女はあきらかに、生きているものではなかった。重みは感じたが、体温がなかった。息づかいも、鼓動も感じとれなかった。

骨ばった手が、じりじりと千歳の体を這いすすんでくる。蜘蛛(くも)のように広げた五指が膝へ、腿(もも)へ、腹へとのぼってくる。

声をあげたかった。だが悲鳴も喉(のど)の奥で凍ってしまっていた。目を閉じることさえできない。

恐怖が体を杭(くい)のように貫き、その場に彼女を縫いとめていた。女がこの世のものではないからではなく――女の発する憎悪に、憤怒(ふんぬ)に、千歳は怯(おび)えていた。

この女は誰だろう。

知らない人だ。

でも、わかる。激しく怒っているのがわかる。同時に悲しんでいる。こんなに切なそうに怒っている人を見たのは、きっと生まれてはじめてだ。

目をそらさなければ、と思った。

彼女をこのまま視ていてはいけない。この激しい感情に食われる。思考ごと感情ごと呑みこまれてしまう。

だが、体が動かなかった。きつく食いしめた歯だけが、かちかちとこまかく鳴った。

女の顔は、気づけば鼻先数センチの距離にあった。

黄みがかって濁った眼球が目の前にあった。女の唇がわずかに動く。

——出て、行って。

女がそう言ったのがわかった。

声が聞こえたわけではない。しかし理解できた。鼓膜と脳を通すのではなく、直接心にずくりと沁みこんできた。

ここはわたしの家よ、と女は言っていた。

——あんたは誰。出て行って。わかった、またあのひとの新しい女ね。

出て行って。あんたなんかに主人は渡さない。

声ではないはずの声が、狂的に高まっていく。渡さない。あんたなんかに渡さない。

つんざくような金切り声に変わっていく。凄まじい声音だ。脳の芯まで、びりびり響いて突き刺さる。

女の背後で火影が揺らめいている。赤。真紅。濃橙。炎の先端が壁を舐め、さらに大きく膨れあがっていく。

燃える、と千歳は顔を引き攣らせた。

ほんものの炎としか思えない。燃える。わたしも、この部屋も、女も、なにもかも炎に巻かれて燃えて、灰になってしまう――。

だがその瞬間、スマートフォンがけたたましく鳴った。

千歳の呪縛がとけた。咄嗟に悲鳴は出なかったが、吐息じみた低い呻きが洩れた。

女の姿がかき消えた。

同時に壁いちめんに広がっていた火影も消えた。

鳴り続けるスマートフォンが、チェストから転がり落ちた。途端に隣室から、抗議するように壁を叩く音がした。

白茶けた日常が、一瞬にして戻っていた。

あとには全身冷や汗でびっしょり濡れた千歳だけが、ベッドにひとり取り残されていた。


「それからすぐ部屋を飛び出して、近所のコンビニで夜明かしして……。いまは、友達の家に泊まらせてもらってます」

千歳は目の下にどす黒い隈を浮かせて、ため息をついた。

「それはよかった。でも、お友達は信じてくれた？」

部長が問う。千歳は首をかしげて、

「幽霊どうこうは、半信半疑って感じです。でも追い出さないでいてくれるし、三田村先輩と同じ女バレだった子に連絡をつけてくれたのも彼女だから、感謝してます」

と答えた。

「女バレ——ああ、女子バレーボール部ね」

と部長は合点したようにうなずいた。

「じゃあ安西さんは、藍くんとは直接の知りあいじゃないんだ？　えーと、いま三年生ってことは、藍くんが高三のときに安西さんが高一か」

「はい。知りあいだなんて、そんなの恐れおおいっていうか、ほんとに当時はただの一ファンで……」

「ファン？」

森司が問いかえす。

千歳は頬を染めつつも、取り出したスマートフォンを操作し、一同に向かって誇らしげに突き出した。

そこには胸に『4』の数字もまぶしい、ブルーのユニフォームをまとった長身スレンダーな美少女の画像が映っていた。いまよりやや短い髪はポニーテールにくくり、モデルばりの美脚を惜しげもなくさらしている。間違いなく高校時代の三田村藍だ。

「藍さん素敵」

思わずといったふうにこよみが慨嘆する。

瞬時に千歳が食いついた。

「でしょでしょ、格好いいでしょ、素敵でしょう？　三田村先輩はレフトのスパイカーでエースでキャプテンで、全校女子の憧れだったんですよ！　バレンタインなんか先輩にチョコを渡す後輩女子で、廊下から階段まで長蛇の列ができたんです。卒業式で、先輩の第二ボタンをいただくため血で血を洗う抗争が」

と鼻息も荒く言いつのる。

「もうわたし、電話越しとはいえひさしぶりに藍さまとお話できて、心臓がばくばくして、昨夜なんか眠れなくて」

「あ、藍さま……」

森司は完全に圧倒されていた。その横で鈴木は口をなかばひらき、泉水はわけがわからんという顔つきをし、こよみだけが一人「わかるわかる」と言いたげにうなずいていた。

部長が苦笑して、

「んー、そういうのって男のぼくには縁がないというか、いまいち理解しきれない世界だなあ。でも安西さんの元気が出てよかった。で、きみはこれからどうしたいの？」

と尋ねた。

「あ、はい」

千歳がわれにかえったように咳払いし、スマートフォンを引っこめる。

「それは……もちろん、部屋に戻りたいです。せっかく引っ越したばかりだし、あの家賃と条件で住める物件なんて、そうそうないし」

「引き払おうって気はかけらもないのか」

まだ呆れ顔を残したまま泉水が尋ねる。

「かけらもないとまでは言いませんけど、でもあそこに戻れたら、それが最善だと思っています」

千歳はきっぱり答えた。

「わたしが幽霊に恨まれてる張本人だとしたらそりゃ逃げなきゃいけないでしょうけど、でも実際はそうじゃありませんもん。わたしはあの女性のご主人と不倫なんかしてないし、これからもそんなややこしい恋愛はしないつもりです。つまりこれって、ただの不名誉な濡れ衣じゃないですか」

と彼女は身を乗りだして、

「教えてください。幽霊の誤解をとくには、どうしたらいいんでしょう？」

4

「よし、いくぞ……」

森司は期待と不安に高鳴る胸を押さえながら、身をかがめた姿勢で、利き手を土鍋の蓋へと伸ばした。

一気に素早く蓋を取り去る。

と同時に白い湯気と、食欲をそそる匂いが立ちのぼって部屋中を満たした。そこには人生初チャレンジの筍ご飯が、土鍋でふっくらと炊きあがっていた。

泉水から「古米でいいなら無料でやるぞ」ともらった米と、アパートの先輩からおすそわけしてもらった筍とで炊いたご飯である。

森司は感動を抑えきれなかった。

まさかこんなにうまくいくとは思わなかった。試しに一口味見をしてみるが、美味い。米はちゃんと炊けており、芯もない。筍の灰汁もしっかり抜けている。舌から鼻孔にかけて、春めいた香りが豊かに膨らむ。さすが竹かんむりに旬と書いて、筍と読ますだけのことはある。

筍ご飯を炊いてみよう、と森司が思いたったのは昨夜のことだ。

まず彼はグーグル先生を頼った。『筍　煮る』、『筍　灰汁抜き』で検索した結果、米糠が必要であることがわかったが、これは簡単に解決した。近所のコイン精米機で精米するついでに、無料で糠をもらって来られるからである。

筍を茹であげ、さらに一晩放置し、無事に下処理が済んだ。そこまではいいが、残念ながら彼の家には炊飯器がなかった。

またも森司はグーグル先生を頼った。

今度は『土鍋で炊く　ご飯』、『炊飯器なし　ご飯　炊き方』、『土鍋で炊く　仕上り炊き込みご飯』等で検索した。

そうして奮闘した末の結晶が、いま彼の眼前にある。

森司はいそいそと茶碗にご飯を盛りつけ、ついでに筍とピーマンと玉ねぎでつくってみた、肉なし青椒肉絲を深皿に盛った。

普段はあまり熱心に観ないテレビなどを点け、祝杯がてら発泡酒まで開けてみる。缶を呷って口中を潤し、次いで筍ご飯をかきこんだ。

「美味い……」

森司は唸った。

薄口醤油でなく普通の醤油を使ったせいで、いまひとつ見栄えはよくないが味はまったく問題なしだ。

いかん。本気でうまい。明日の昼はこれをおむすびにして大学に持っていこう。そして中庭のベンチで、太陽と青空のもと食べよう。

さらに気づいてしまったが、おむすびプラス、青椒肉絲の残りと卵焼きでもタッパーに詰めれば、これは立派な弁当ではないか。ついにおれの料理の腕も弁当をこさえるまでに上達したか。米の飯が炊けるとなると、こんなにも世界が広がるものか。

「いやこれ、うまいよマジで」

なぜか森司はサボテンにそう語りかけた。

男の独り暮らしの弊害といえば、入江順太の言うとおりこうして埒もない独り言が増えることである。いや違う、そんなことはこの際どうでもいい。

――これはもしかして、ひょっとして。

「もうちょっと練習すれば、こ、こよみちゃんにご馳走できるのでは……」

筍ご飯を、森司はごくりと咀嚼した。

じつを言うと彼は、好きな女の子を独り暮らしの部屋へ呼び、手料理をふるまうというシチュエーションに長い間憧れていた。

最初に見たのが雑誌か、それとも映画でだったかは覚えていない。

だがともかく「うちにおいでよ」とスマートに誘い、スマートに料理を仕上げ、その手腕に彼女が男を見なおす、もしくはさらに惚れなおすという状況に痺れた。

たとえば海外ドラマ『クリミナル・マインド』では、主役格だったギデオンが別荘に恋人を呼ぶため入念に料理やワインを用意しているシーンがある。そして同作品のイタリア男ロッシは「料理はもっとも感受性の高い芸術」とのたまい、やはり料理上手ぶりとモテ男ぶりを視聴者に随時アピールしている。

森司は宙に視線をさまよわせ、

「なんていうか、出来る男って感じがするよな。料理をこう、ぱぱっと手際よく仕上げて、酒の蘊蓄なんかも語れると……」

こよみとは例のリハビリの甲斐あって、だいぶもとどおり話せるようになってきている。それどころかここ数日は、湧きあがる自惚れをどうにか抑えこむのに苦労しているくらいだ。

——現代は共働き家庭がほとんどだもんな。こよみちゃん、「昔からなりたい職業がある」って前に言ってたし。家庭的と思ってもらえるのは、男にとっても大きなポイントアップだよな。

となると専業主婦はあり得ないから、やっぱりおれも食事の支度くらいせねばならない。掃除と洗濯は独り暮らしでそれなりに慣れたが、料理は難易度のランクが一段上だ。

だが愛する奥さんに食べさせるのに、まさか「今日は時間がないから、具なしチキンラーメンにしてみたよ」、「魚肉ソーセージにマヨネーズがけ定食を用意してみたんだ」というわけには——。

とそこまで考えて、「奥さん」という単語に森司はあやうく息が止まりかけた。

なんだ、なにを考えているんだおれは。

ついに厚かましい妄想もそこまで来たか。まだ付きあってもいないくせに、考えるにことかいて、し、新婚生活の想像など。

さすがに恥ずかしい。顔から火が出る。発泡酒を呷ったり、意味もなく箸を置いたりまた持ったりと一人で騒いでいる森司のかたわらで、携帯電話がＬＩＮＥの着信音を鳴らした。

「ああはい、はいはいはい。ただいま」

べつに誰も聞いていないというのに、無意味かつ連続的な音声を発してしまう。羞恥に火照った頬を平手で叩き、液晶を覗きこむ。

メッセージは黒沼部長からであった。

『明後日の土曜、安西さんの件で不動産屋にアポ取りました。なぜか入江くんも来たいって言うから、とりあえずOKしといたよ。じゃ、みんなは十時までに部室へ集合ね』

5

安西千歳の住むアパートを取り扱っている不動産会社は、各階を選挙事務所や整体院などのテナントに貸している雑居ビルの一階に鎮座していた。

集まったオカ研メンバーは、今日も泉水を除いて四人。そこへ千歳と、なぜか入江順太までが加わって総勢六人の大所帯である。ちなみに藍は休日出勤ゆえ、終わり次第合流するとのことであった。

「誤解しないでください。べつにあそこは事故物件てわけじゃないんですよ」

対応にあらわれた社員は、汗を拭き拭きそう弁明した。

「だって安西さんの前にお住まいの方は、あの部屋で亡くなったんじゃないんですから。ほんとうですよ。調べてくださったってかまいません」

「ほう」

部長は出された薄い煎茶で舌を湿らせて、

「確かに事故物件の定義は『賃貸物件の本体部分もしくは共有部分において、利用者がなんらかのかたちで死亡した履歴を持つもの』ですからね。前にお住まいの方は、よそでお亡くなりになったんですね」

「そうですよ。そうなんです」

社員は得たりとばかりにうなずいた。

「それに正確に言えば、その方は安西さんの〝前の前〟の入居者です。安西さんがお借りになる四箇月前まで約一年間住まわれていた方は、いっさいの苦情をおっしゃっていませんでしたしね」

「ほほう。ちなみに直前の入居者はどんな方です」

「それは個人情報ですので、申し上げられません」

「だいたいの年齢はどうですか」

「それもちょっと……」

「せめて性別だけでも」

部長が食いさがると、社員は渋々といったふうに、

「では男性だ、とだけ。これ以上は洩らせません」

と口を引き結んだ。

——男か。

森司は味も香りもしない色だけの煎茶を飲みながら、そうひとりごちた。

ならば苦情がなかった理由はわかる。火影とともにあらわれる例の女は千歳に訴えた口説からして、どうやら同性だけを――亭主をたぶらかすだろう妙齢の女だけを警戒している様子からだ。

「でもそれなら、どうして家賃があんなに安いんですか」

千歳が尋ねた。

「ほんと言うと、あの安さだから覚悟してたってところはあるんです。でもいまのお話だと、その人は部屋の中で自殺なり変死なりしたわけじゃないんですよね？　だったらどうして、あそこはよそのお部屋よりあんなに安くなってるんですか」

「それは、その」

社員がまたハンカチを取りだした。

「〝心理的瑕疵あり物件〟」

部長が言った。

社員の肩がぎくりと強張る。

「つまり物件内でなくよそで死んだことを考慮しても、なおあまりある瑕疵があると考えられ、入居者が契約を避ける見込みが高い物件、というわけですね。しかも間に一人入居者があったというのに、もとどおり家賃を上げなかったのは珍しい。それほどのことが、過去にあったんですか？　だとしたらいったいなにが？」

社員はいまや脂汗をかいていた。せわしなく彼はハンカチで額を拭きながら、

「とにかくうちとしては、やましいことはなにもありませんから」

と言い切った。

「そうですか」

部長がいったん引く。社員はほっとしたようだった。そこへ森司が割り込むかたちで、

「最後にひとつだけ、いいですか」

社員が彼を見た。

「なんでしょう」

「——火に、なにか心あたりはおありですか。たとえば煙草の不始末による火事とか、もしくは放火とか」

目に見えて、社員がさっと青ざめた。

その反応は顕著だった。頰だけでなく、一瞬にして唇までが色を失った。

部長が腰を浮かせた。

「本日はどうもありがとうございました。ではご進言どおり、あの部屋に関してはこちらですこし調べてみるとしますね。お茶をごちそうさまでした」

次に一行は、くだんのアパートへと向かった。

「ちょっとだけ中を見せてもらっていいかな。すぐおいとまするから」

との部長の頼みに、

「いいですよ。まだろくに荷ほどきしてないから、段ボールだらけですけど」

と千歳は女性らしからぬ淡白さでうなずいた。

事故物件だとなかば承知で住みついた件といい、豪快な性格が言動の端ばしにうかがえる。見た目のガーリッシュさと、はたまた藍に向けるミーハーな態度がどうにもミスマッチである。

問題の部屋は、ごく平凡な1Kの間取りであった。

入ってすぐ右に風呂とトイレがあり、左にはガスコンロ付きのシンク。それを通り過ぎると部屋があって、出窓の下と壁際に簡素な収納があるだけだ。

広さは十帖ほどだろうか。ただしベッドとチェストとロウテーブルで空間はふさがっており、家具や家電を増やすゆとりはほぼないと言っていい。

「どう、八神くん、鈴木くん。なにか感じる?」

部長が振りかえって訊いた。

泉水がいないため、今この場に〝霊感がある〟部員は森司と鈴木のみだ。森司はぐるりと室内を見まわして、

「おかしな感じはします。でも、たいしたことない……と思うのは、やっぱりおれが男だからなんでしょうか。なにかいるとは思うけど、いますぐ逃げ出したい、と思うほどじゃありません」

と言った。

だが鈴木はそれを聞いて眉をひそめた。

「そうですか？　おれは八神さんとは違うて、こういうの苦手ですわ。なんや知らん、へんな居残りかたしてますよ。不動産屋の言うとおり、確かにここで死んだわけやないでしょう。けどこの部屋に思い出というか、思い入れがたっぷりあるんとちゃうかな。そこかしこに、じっとりと沁みついてる感じです」

「へえ」

森司はちょっと驚いて鈴木を見やった。

「おれはそこまで感じないよ。鈴木のほうが、おれよりその女と波長が合うってことなのかな」

「いや、そこはなんと言ったらいいか」

しかめ面のまま鈴木は言った。

「たぶんですけど、八神さんよりおれのんが女と性格は近い。せやけどおれのほうがこの手の女は苦手という、微妙にややこしいことになってますわ」

「そ、そうか」

森司は相槌に困った。こよみが鈴木に向かって、

「敵意とか、悪意のようなものは感じますか？」と訊く。

鈴木は目を細めた。

「うーん……、怒ってはいますよ。怒っとるし、悲しんでますね。安西さんの話と合わ

せると、やっぱり旦那に不倫された女性ってことなんかねえ」

「だけどここ、どう見ても社会人の夫婦が住む部屋じゃないですよね」

森司は部長に向かって言った。

「そりゃ住んで住めないことはないだろうけど、不動産屋だって単身者にしか勧めないような間取りでしょう。夫婦ならいずれ子供ができることも考えて、最低でも1DKから探すもんじゃないですか？　住居難の都会ならまだしも、土地が余ってるこんな田舎でわざわざ1Kの物件を選ぶかな」

「まあねえ。でもお金にゆとりがない夫婦だったのかもしれないし」

と部長が腕組みする。

「旦那さんの収入が低めで奥さんが専業主婦。もしくは二人とも無職とか、病気で療養中だったとか」

「せやけど療養中では不倫もできないんとちゃいます？」

とそこまで会話が進んだとき、

「あ、待ってください！」

唐突に千歳が声をあげた。全員の視線が、自然と彼女に集中する。

千歳はこめかみに指をあてて、

「そういえば、子供……。あの女の人、子供のことも言ってたような。わたしの膝の上で『出て行って。またあのひとの新しい女ね』って言ったあと、確か『可愛いタカシのためにもぜったいに別れない。ぜったいに、かんたんに引き下がってなんかやらないから』って――」

「タカシ？」

ぎょっとしたように順太が目を見ひらいた。

「じゃあ、ご夫婦には子供さんもいたってことなんですね」

こよみが言った。

「この1Kに親子三人かあ。子供の年齢によっては騒音問題もありそうだし、やっぱり不自然と見るしかないね」

と部長は嘆息し、千歳を見あげた。

「引っ越してきたばかりの安西さんに、こんなこと訊くのは酷だと思うけどさ。――当時のことをなんでもしゃべってくれそうな、おしゃべりなご近所さんに心あたりはないかな？」

6

バス停の標識柱からすこし離れた日陰で、ぺちゃくちゃと井戸端会議している二人の主婦を、千歳は小声で指し示した。

「あの人たちです」

彼女が言うには引っ越してきた翌日にごみ捨て場で捕まって、それはもう根掘り葉掘りやられたのだという。

以前はどこに住んでいたのか、からはじまって、その服装は学生かそれともフリーターか、出身は県内か否か、アルバイトで夜遅くなったりするのかと矢継ぎ早に訊いておきながら、急にトーンダウンして、

「ところでお部屋はどう？　快適？」

「もしも、よ。もしもなにかあったらいつでも言ってね」

となにか言いたげな、それでいて奥歯にものの挟まったような物言いをしてきたらしい。千歳は眉間に皺を刻んで、

「たぶん話したくて話したくて、うずうずしてるんじゃないかと思うんですよね。でもかかわりあいたくないから、いままでは適当にかわしてました」

「その手の面倒くさい人ってどこにでもいるよね。でもまあ、こういうときだけはありがたいけど」

と部長は首肯して、瞬時に笑顔をつくると足早に二人の主婦へと近づいていった。

わずか五分後、部長になにやら吹き込まれたらしい二人は、

「安西さんだっけ？　大変だったのねえ」

「不動産屋にだまされたんだって？　入居前にろくに説明もしてくれなかったなんて、まあまあ、ひどい話だわねえ」

と千歳を囲んで、声高に大げさな同情の声を浴びせていた。

「じつはいまも、ぼくたち有志の学生で不動産会社へお話をうかがいに行ってきたところなんですよ。でも個人情報がどうこうの一点張りで、ぜんぜん教えてくれないんです。そりゃ向こうは契約さえ結んでしまえば、それでいいんでしょうが……」

部長がこれ見よがしに肩を落としてみせる。

「あらひどい、無責任だわねえ」

「せめて一言くらい注意喚起しておくべきじゃないの」

と覿面に主婦たちは食いつき、声を揃えて憤慨した。千歳がおそるおそるといったふうに割りこんで、

「それで、あの……あそこに前の前住んでいた女性というのは、いったいどんな人だったんでしょうか」

「えーとね、なんていうの？　ああほらあれよ、いわゆるシングルマザー」

二人のうち、小太りなほうの主婦が答えた。

その語調にはっきりと蔑視が滲んでいた。なんだかいやな感じだな、と森司は内心で顔をしかめた。

「シングルマザー？　ご主人はいらっしゃらなかったんですか」

「いらっしゃらないわよう」

千歳の問いに女は手を振って、

「たまに通って来てた、愛人っぽい男はいたけどね。越してきたときはもうお腹が大きくて、二、三箇月して産んだのよ。誰の子かって？　さあねえ。もしかしたら本人もわかってなかったのかもね」

「きっとそうよ。だからあんな騒ぎが起こったんじゃない」

と、頬にほくろがあるほうの主婦が同調する。

部長が間髪を容れず、

「騒ぎ？」

と問いかえした。

女二人は芝居がかった仕草で「あら」と口を押さえた。いまさらながら足をもじつかせ、気まずそうにお互い同士で目を見交わしはじめる。

「いえね、そのへんは、近所の恥でもあることだから」

「そうよね。それにわたしたちが言いふらしたみたいになるのは、ちょっとね」

そう言いながらも立ち去る様子はない。あきらかに、「あと一押ししてよ、もっと訊いてきてよ」と態度で語っていた。

その期待に応え、部長が神妙な表情をつくって頭をさげる。

「そうおっしゃらず教えてください。お願いします。ここにいる安西さんが不動産会社に真っ向から抗議をするためにも、正確な情報が必要なんです。ぼくら学生はそうでなくとも世間知らずで、こういった賃貸物件のトラブルに巻き込まれることが多くて……。

今後の被害を防ぐためにも、われわれ有志が立ちあがっているんです。ここはひとつ、人助けだと思ってぜひ情報を」

部長は森司たちを振りむき、

「ほらみんなもお願いして」

とうながした。慌てて一同はかたちばかりの整列をし、

「お願いします」

「お願いします」

と二人に向かって馬鹿丁寧に腰を折った。

「あらそんな。困ったわ、そんなたいそうなことしないでちょうだい。頭をあげて」

主婦二人は慌てたふりをしながらも嬉しそうであった。そして案の定、

「人助けならしょうがないわよね」

と、待ちかまえていたように口火を切った。

「結城さんはね、引っ越してきたときは『結婚してます。夫は海外に単身赴任です』って近所じゅうに自己紹介してたのよ。ま、その時点であたしはぴんと来たけどね。海外赴任するようなエリートの旦那が、こんなせせこましいワンルームのアパートなんか借りるわけないじゃない」

ほくろのほうが鼻息も荒く言い捨てた。

どうやら例の幽霊は生前「結城」と呼ばれていたらしい、と森司は思った。

「でもそれを匂わせても、結城さんたら『ここは出産までの仮住まいですから』なんて澄ましちゃってさ。ふん、予想どおり出産が終わっても出て行きゃしなかったけどね。結局、子供が三歳くらいになるまであつかましく住んでたわよね、あの人」

「嘘ばっかりなのにお高くとまってたわよ」

小太りのほうが顔をしかめた。

「自称既婚の専業主婦。自称海外赴任中の亭主持ち。自称『子供が大きくなったら、主人の赴任先へついて行くつもりですの』。……なーにが主人の赴任先よ。どうせ嘘だろうとは思ってたけど、いざニュースになってみたらほんとに全部嘘だったわ。結婚もしてないし、苗字は結城じゃないし、おまけに子供の出生届も出してなかったっていうんだから、最低よ」

「そりゃあひどい」

思わず森司は嘆息した。女二人が彼を見やって、

「でしょう」

と異口同音に叫ぶ。

「ほんとうの苗字は忘れたけど、とにかく〝結城〟とは似ても似つかない姓よ。部屋の契約者だって彼女とは縁もゆかりもない人で、身分証明書と印鑑証明を勝手に使われて、知らないうちに部屋を借りられてたらしいの。びっくりしちゃうわよね。ああいうのって、天性の詐欺師とでも言うのかしら」

「と言うより、自分でも嘘だと思ってないのよ、きっと」

小太りのほうが言った。

「自分の妄想を、真実だと思いこんじゃうタイプなんだと思うわ。だってそうじゃなきゃ、あんな騒ぎまで起こすはずが——」

「ちょ、ちょっと待ってください」

部長が割って入った。

「すみません。ぼくらはなにも知らないもので、できれば一から説明していただけるとありがたいんですが。話の端ばしに出てくる『騒ぎ』だの『ニュース』だのって、いったいどんな騒動だったんですか？」

「ああ」

女二人は顔を見合わせてから、

「ストーカーよ」

と言った。

「ストーカー……ですか」

「ええそう、ストーカー。しかも勘違いと妄想が昂じての付きまといだったの。相手はそりゃもう迷惑したみたい。あの頃のことはもう……いま考えても、ぞっとするわ」

ほくろのほうが自分の体を抱いて震わせた。

「近所中が、結城さんのストーカー騒ぎに巻き込まれたんですよ」

小太りの女が頬を歪めて言う。

「結城さんのところへ通ってきてた愛人が姿を見せなくなって、半年くらい経った頃です。近所じゃみんな『別れたのかな』、『捨てられたんじゃない？』って噂してたのに、結城さんたら強がって、相変わらず涼しい顔で出歩いていてね。そう、そんな矢先……あれは確か、週末のスーパーで起こったんじゃなかったかしら」

女は遠い目になって、

「そもそものきっかけはね、人違いだったんですよ」

と言った。

「結城さんとこの貴士ちゃんが、間違えてよその旦那さんの背中に『お父さん！』って抱きついちゃったのがはじまりだったの。まったくの赤の他人だったのに——そこであの人、おかしなスイッチが入っちゃったのね」

ほくろの女がうなずく。

「貴士ちゃんはほんの三つやそこらだもの。人違いしたところで誰も責められないわ。でもまさか母親がその尻馬に乗って、ストーカーになってしまうだなんてね。あんなの、誰にも予想できやしないわよ」

と主婦二人が競い合うようにして語ったところによると、結城という女性はアパートに通ってくる愛人を「夫」だと周囲に紹介していたらしい。だが近所の誰ひとりとして、「どうせ虚言だ」と信用していなかった。

その男とどうやら別れたあとも結城は気丈に暮らしていたが、ある日スーパーで息子の貴士が、よその家族連れの父親に『お父さん！』と叫んで抱きつくという事件が起きた。それを契機に、結城はその抱きつかれた男性を元愛人だと思いこみ、付きまとうようになってしまったのだという。

「その男性と元愛人は、そんなに似ていたんですか？」

森司が尋ねる。

ほくろのほうが首を振って、

「ぜーんぜん。愛人のほうはすかした男だったのよ。サロンで焼いたっぽい日焼けして、いかにも偽物くさいブランドバッグなんか持ってさ。それに比べて、ストーカーされた男性はごく普通のいいお父さんって感じの人。背も愛人より十センチくらい低かったかな。とにかく、似ても似つかない相手でしたよ」

「結城さん、きっと『元愛人がこういう家庭的なタイプだったら』って思ったんじゃないかしらね」

小太りのほうが、急にしんみりした声を出した。

「そうだったらいまも通ってきてくれたに違いない、って思っちゃったんじゃないの。捨てられたショックでちょっとおかしくなってたところに、貴士ちゃんの一言で、完全に心が壊れちゃったんだわね」

「そうだとしても、他人に迷惑かけていいわけじゃないわよ」

ほくろが不満げに鼻を鳴らした。

「それに向こうのご家族だけじゃないわ。わたしたちだって、十二分に被害に遭ったんですからね」

「ほう。被害というのは？」

部長がうながす。ほくろのほうは顔を歪めて、

「ネットに晒されたんですよ」

と吐き捨てた。

「付きまとわれたご家族は隣町の人だったんですけどね、ええ、例の日はたまたま家族サービスの帰りで、いつもは来ない方角のスーパーに寄ったらしいの。でも結城さんたらそのあとを尾けたかなにかして、隣町のご自宅を付きとめて、毎日通って大騒ぎしたんです」

「窓の外から『主人を返して！』、『その人はわたしの夫よ！』って叫びつづけたらしいわ。しまいに向こうの奥さんがノイローゼになってしまってね。中学生だったお子さんが怒って、騒ぎまくる結城さんを二階の窓から撮影して、ネットの動画サイトにアップロードしちゃったのよ」

くだんの動画はアップされるや否や、ツイッターや匿名掲示板を介して見る間に拡散された。

表札などはぼかしてあったが、映りこんだ建物の影などで、知っている人が見たらど

の地区かすぐわかってしまう程度のぼかしだったらしい。また、結城の顔や声は、まったくの無修正であった。

金切り声をあげ、地団太を踏んでわめくエキセントリックな結城の姿は、ごく一時期とはいえネット上で話題になった。また『スネーク』と称する地元民がネットの『特定班』に協力したせいで、ただちに彼女の身元が特定され、アパートの住所までもが割り出されることとなったらしい。

「そこからはもう、ひと騒動よ。結城さんを見物に来た中高生や、暇な大学生が近所をうろついて、空き缶のぽい捨てはするわ、勝手にそこらを撮影するわ、私有地に踏み込んで荒らすわ。まったく学生ってのは、暇をもてあましてるからたちが悪――あら、ごめんなさいね」

とほくろが取ってつけたように謝り、

「とにかく、あの時期は野次馬が増えて大迷惑だったの。ローカルニュースにまで動画が紹介されたときがピークだったわ。とにかくあんなの、二度と御免よ」

「ちょっと待ってください。さっきおっしゃったニュースというのは、そのローカルニュースのことですか?」

部長が口を挟んだ。

「そうじゃないですよね。ただ動画を面白おかしく晒しただけのニュースなら、結城さんの本名や、その他の事情までわかるはずがない。もしかして結城さんが亡くなったときも、それなりに大きなニュースになったんじゃないですか？——彼女はいったい、どんな亡くなりかたをしたんです？」

主婦二人が、またも顔を見合わせた。

「あらもうこんな時間」

「そうね、いかないと」

腕時計もしていないくせに、さも時間に気づいたふりをしてそそくさと踵を返す。

だが立ち去る直前、ほくろのほうが首だけで千歳を振りむき、

「で、どうなの。……やっぱりあの部屋って〝出る〟の？」

下世話な顔つきでにやりと笑った。

7

「あった、これです」

ショッピングセンターの一角にあるスターバックスで、入江順太がそう声をあげ、タブレットを部長に差し出した。

液晶には有名な動画サイトのロゴとともに、一時停止中らしき動画が表示されている。

携帯電話を二階の窓から突き出して、表の小路を撮っているらしき構図だ。

被写体として中央に映っているのは、三十代とおぼしき女だった。ノーメイクなせい

かのっぺりとした造作で、大きく開けた口腔だけが妙に赤い。

千歳が息を呑んだ。

「この人です」

顔を近づけて目をすがめ、やっぱり間違いない、といったふうに首肯する。

「わたしの部屋に、出て……いえ、現れた人です。絶対です」

順太がため息をついて、

「さっき聞いた内容に、なんとなく聞き覚えがあったんですよね。いまから三年くらい前ですよ、この動画がよく回ってきたの。おれはべつに面白いとも思わずに流し観ただけですけど、クラスのお調子者のやつが、そういえばスネークしに行ったとか言ってました」

「そっか。さっきの二人の態度はどうかと思うけど、近所の人が迷惑に思った気持ちはわからないでもないね」

部長が苦笑し、液晶に手を伸ばす。

「ちょっと再生していい？　音量はぎりぎりに絞っておくね」

順太がうなずく。部長の指が、動画の再生をタップした。瞬時に、一時停止が解除される。

森司はタブレットに体を傾けた。

画面の中で、女がなにやら喚いている。

店内のさざめきにかき消されて女の声は聞こえない。だが口の動きで「返せ」と言っていることはわかった。おそらく「主人を返せ」等と言っているのだろう。

女は地団駄を踏みながら、ショルダーバッグを振りまわしはじめた。ストラップを摑んで回転させ、門柱に叩きつけている。次にパンプスを脱ぎ、やはり喚きながら玄関に投げつける。

見ようによってはアニメーションじみた、コミカルな動きだった。この動画が拡散された理由が森司はようやくわかった気がした。

だが、笑えなかった。おそらく撮っているストーカー被害者の子供とやらも、やりきれない気分だったろうと思えた。

部長が動画を停止させた。

「ありがとう、入江くん。おかげで通称結城さんの顔と行動が判明したよ。〝タカシくん〟がかぶったのには驚いたけど、これは単なる偶然とみてよさそうかな。……それより問題は、もうひとつのニュース沙汰のほうだなあ。彼女の本名さえわかれば、当時の新聞記事を探せるんだけど」

彼が唸るように言ったとき、

「あー、いたいた。ごめんね遅れちゃって」

と、場をぱっと明るくする声がした。

弾かれたように千歳が立ちあがる。その勢いで倒れかかった椅子を、慌てて森司は手を伸ばして支えた。

「みみ三田村先輩！　おひさしぶりです！」

「ひさしぶり。安西さんよね？　女バレの後輩のお友達の」

トールサイズのカップを片手に藍が微笑む。

直立不動した千歳の顔が、真っ赤に染まった。

「そ、そうです。本日はどうも、わざわざご足労くださりまして、あのわたし、感激で、なんと言ったらいいか」

「藍くん、ここ座って」

きりがないと見たか、部長がさっさと自分の隣の席を勧めた。

藍がバッグを椅子の背にかけながら、

「あら」

とタブレットに目をやって眉をひそめる。

「どうしましたか？」とこよみ。

「うん、ここに映ってる道、知ってる場所だなあと思って」

藍が答える。部長が目を見ひらいた。

「知ってるの？　ほんとに？」

「嘘なんかつかないわよ。ほら、ここの端っこに映ってる屋根。これ青波町にある町民体育館の屋根でしょ。体育館の屋根がこの角度で見えるってことは、高校時代の友達ん家の近所よ。こっちの英語塾の看板にも見覚えあるし、間違いないわ」

「さすが藍くん。すばらしい」

部長が諸手をあげて称賛した。

「事態が打開したお礼に、なにか奢るよ。まだお昼食べてないんでしょ？　スコーンでもドーナツでも、なんでも好きなの言って」

「じゃあ遠慮なく、クラブハウスサンドイッチと、メイプルシフォンケーキ。……なーんて嘘。お給料もらってるんだから、それくらい自分で出すわよ」

「あ、ではわたしが買ってきます」

千歳がいそいそと立ちあがった。

藍は断ったが、「いえわたしが是非」と彼女は粘った。二人が押し問答している横で、順太が静かに腰を浮かせ、

「すみません、おれ、ちょっと……」

と森司にだけ聞こえるようささやいた。そして席を立つや否や、止める間もなく彼は店を出て行ってしまった。


「――なるほど。じゃあ安西さんの部屋に出現した通称結城さんが、この動画の女性ってわけなのね」

黒沼部長からざっと説明を受けた藍が、ぶ厚いクラブハウスサンドイッチをかじりつ

つ、うんうんと首を縦に振った。

「はい。でもまだ事情のほとんどはわかっていないんですが」

千歳が己の〝バニラクリームフラペチーノ、メイプルソース追加、ホイップ増量、チョコチップ追加〟なる二杯目の飲料を啜りながら相槌を打つ。

さらに部長が〝ココアにエキストラホイップ、チョコレートソースとココアパウダー追加、ウォルナッツシュガーをトッピング〟などという呪文のごとき飲料を片手に、

「でも動画の場所がわかってよかったよ。とりあえずはこれから、そこへ向かってみよう。そこでなにか手がかりが得られるかもしれない」

「けど被害者のご家族は、まだ同じ家に住んでいるでしょうか」

眉根を寄せてこよみが言う。

部長が頬杖をついた姿勢で、

「さあね。でもどのみち被害に遭った当人たちに声をかけるつもりはないよ。やっぱりさっきみたいに、第三者から話を聞くのが――」

とそこへ、早足で順太が戻ってきた。

なにやら購入してきたらしく、重たげな紙袋を片手に提げている。「どうも」と照れ笑いする彼に、

「どないやねん。トイレかと思うたら、一人だけ買い物かいな」

と鈴木が関西弁丸出しの口調で突っ込んだ。

「いやほんとすみません。じつは……」

順太は頭を掻きながら、通路を挟んで行われていた『古物市』で急いで買い物をしてきたのだ、と言った。ウィンドウ越しに商品が見えて、気になってたまらなくなったのだという。

「あの家を模様替えしすぎたことを、いまになって後悔してまして。親父に聞いたら、祖父が子供向けの商店をやっていたから、昔あの家にはおもちゃが一杯あったらしいんですよ。こういう感じの」

と順太は紙袋を広げてみせた。

部長が顔を輝かせる。

「日光写真のカメラに幻灯機か。いいね、けど高かったんじゃないの」

「いえ。こっちのカメラは千円くらいで、幻灯機も壊れていて使えないんだそうで安いもんでした。でももしかしたら、修理できるかもしれないじゃないですか。そしたらボランティア活動でも使えるし、タカシ叔父も気に入って、ちょっとは居心地よくなってくれるかな、と」

照れ笑いする順太に、こいつ、けっこういいやつだよな、と森司は思った。似合わない背伸びしたお洒落をやめて普通にしていればもっと好感度が上がるだろうに、とやや失礼なことを考えている彼の横で、部長が言う。

「ときに入江くん。お父さんが子供の頃のアルバムなんて、実家にまだあるかな?」

「え？　ああはい。たぶん」

唐突な問いに、順太が戸惑い顔になる。

部長が微笑んで、

「じゃあ今度借りてきてよ。ぼくもタカシくんの顔を見てみたい。それに当時のこまかい情報を知るには、やっぱり写真が一番だしね」

「あ、そういえば」

こよみがソイラテのカップを置いて、思いだしたといったふうに言った。

「すみません、つまらないこと訊いていいですか。──入江さんのお祖父さんって、ひょっとして黒澤明のファンじゃないですか？」

「どうしてそれを」

またも順太が目をまるくする。

こよみがはにかんで答えた。

「お父さんを含む三兄弟の名前を聞いて、なんとなくそうかなあ、と」

「ああなるほど。渡辺篤、木村功、志村喬か。三人とも、黒澤映画でお馴染みの名優たちだもんね。これは気づかなかったな。わかりやすい三船や仲代達矢にいかないあたりが渋いねえ」

部長が膝を打った。

順太がうなずきながら、

「曾祖父が昔の映画の——なんだっけな、あ、そうそう、ベンシってやつだったらしいんですよ。えーと、映画にまだ俳優の声が付いてなかった頃、横に立ってあらすじを説明する係の人で」

と首をひねりながら言う。

部長が「わかるよ」とあとを引きとった。

「活動弁士だね。活動写真、つまりいまで言うサイレント映画が全盛だった頃、上映に合わせて映画の内容や台詞を観客に〝語り〟で教えてくれた解説者だ。かの有名な徳川夢声はその白眉とも言える存在で、若干二十歳にして、赤坂葵館の主任弁士に迎えられたというね」

「それです。ま、うちの曾祖父はそんな有名人とは違って、ただの時代遅れな田舎弁士でしたけど……」

順太は苦笑した。

「そういえばあの古家は、もともと曾祖父が建てたものなんですよ。昔は地下に映画館があったそうですが、親父が物心つく頃にはもう閉鎖されてたって言ってたな。ともかく曾祖父の影響で、うちは祖父も親父も映画好きなんです。ちなみにおれの名前も、映画監督の鈴木清順から一字もらって付けられたとか」

「へえ。お父さんセンスいいね。ぼくも清順の『ツィゴイネルワイゼン』大好き」

部長は笑って、

「じゃあ無事に藍くんとも合流できたことだし、そろそろ出ようか。正直あったかくて動きたくないけど、日が暮れる前に動画の場所へ行ってみなくちゃ」

と底に残ったココアを飲みほした。

8

「ここよ、この通り」

角を曲がったところで立ちどまり、藍が声をあげた。

タブレットの動画を確認して、「ほんとだ」と部長は首肯した。つられて森司も画面を横から覗(のぞ)きこむ。

一時停止中の動画に映しだされているのと、なるほどそっくりな景色が眼前にひらけていた。現実とバーチャルが重なり合ったようで、ちょっとばかり妙な気分だ。

バイトと研究室から解放された泉水とも落ち合い、一行は結城某のストーカー被害者が住んでいたという隣町へやって来ていた。

「あ、あの家じゃないですか？」

森司は角から三軒目の家を指さした。

英語塾の看板の位置からして、あの二階から撮影されたとみて間違いないだろう。しかし一家はすでに引っ越し済みらしく、窓ガラスに『売り家』の貼り紙がされていた。

テラコッタふうの門柱から表札が剝がされた跡が、侘しくも生なましい。

庭は雑草が生い茂り、運送屋が積み忘れたのか、一台の自転車が雨ざらしのまま倒れていた。視力のいい森司が目を凝らす。後輪の泥除けに、ローマ字で『OHIGAWA』と記してあるのが読みとれた。

「オオイガワさんね。たぶん大井川と表記するんだろうな」

部長がつぶやいた。

「せやけど、こっからどうします？ さっきと違て、おしゃべりおばさんの当てはこっちの町にはないでしょう」

鈴木が言う。泉水が藍を振りかえって、

「いや、藍の友達が近所に住んでるんだろ？ だったらそいつに話を聞けばいいんじゃねえのか」

「うーん。でもその子は関東の大学に進んで、そのままあっちで就職しちゃってるのよね。ほかにこの校区の知りあいとなると――あ、そうだ」

藍が派手に手を叩いた。

「確か友達のお姉さんが、結婚して親と同居してるって言ってたわ。電話して当たってみるから、みんな、ちょっとだけ待っててくれる？」

元大井川家から歩いて三分とかからない瀟洒な二世帯住宅に、〝友達のお姉さん〟なる女性は住んでいた。
「すみません。近くにお店がなかったので、つまらないものですが……」彼女は鷹揚に箱をひら
急遽コンビニで購入したシュークリームを部長が差しだすと、彼女は鷹揚に箱をひら
いて全員に勧め、
「ありがとう。でもひさしぶりに訪ねてきたと思ったら、なんなのよもう。なんでいま
になって、大井川さん家のことなんか知りたいわけ？」
と藍に向かって呆れ顔をした。
「ごめんね、由岐お姉ちゃん。じつは……」
相手が知人ということで、藍はよけいな小細工はせず包み隠さず事情を説明した。情
報が足りない部分は横から部長が補った。
そうしておおよそを聞き終えてしまうと、由岐と呼ばれた女性は深い深いため息をつ
いて、
「そう。あの人、アパートの部屋に……。まだ成仏できてなかったのね。お気の毒にね
え……」
とつぶやきを落とした。
「例の女性のこと、知ってるんですか」
思わず森司は口を挟んでしまった。
なぜって、さっきの主婦二人とはまるで反応が違う。語調も表情も、あきらかに死ん

だ女性を悼んで同情している。その差はなんなのだろうと訝しむ森司に、

「知っている、と胸を張って言えるほどは知らないけれど」

と由岐は眉宇を曇らせた。

「でも、そうね。多少なりと知っていることはあるわ。大井川さんのご亭主はね、岸さんのかわいそうなストーカー被害者なんかじゃなかったの」

「岸さん？」

部長が問いかえした。

「結城さんの本名は、岸さんというんですか」

「確かそうだったはずよ。下の名前はミナコだかミヤコだか忘れたけど、義母の旧姓と同じだから苗字ははっきり覚えてるの」

「大井川さんがストーカー被害者じゃなかった、というのはどういう意味です」

「どうってそのままの意味よ。それが発覚したのは、事件が起こってから半年以上経ってからなの。……でもそれがわかったのは、うちの近所の住民だけ。動画の野次馬被害の件はなかなか終息しなかったらしいし、新聞やニュースで報道が訂正されることもなかった。だからきっとアパートの周辺では、いまだに岸さんが悪者扱いのままなんでしょうね」

由岐が自分の言葉にうなずきながら、全員分の湯呑に急須からお茶を注ぎ終える。

茶托と湯呑を順に差し出していく由岐のななめ横で、こよみが片手を挙げた。

「あの、割りこんですみません。名前と住所で検索して当時の記事を見つけました。きっとこれです。この記事――」

そう言いながら、卓袱台にタブレットを置く。

全員の視線が液晶に集中した。

部長が低い声で読みあげる。

「九日午前一時半ごろ、青波町小寺甲の住宅街の庭で車庫が全焼する火事があり、近所に住む男性が一一〇番。そばで女性が倒れているのが発見され、火は間もなく消えたが、その場で死亡が確認された。その後県警の調べで、女性は指紋と運転免許証から、飯豊区に住む無職の岸美也子（35）と判明した。

同署によると、約一メートル離れた場所に灯油が残ったペットボトルと、死体の足元にライターが落ちていた。同署は焼身自殺とみて調べている。またアパートから見つかった遺書によれば、『こうするほかない、死をもって抗議します』など、周囲に憤りをぶつける記述があったという。……」

森司は思わず泉水と、次いで藍、鈴木、こよみと目を見交わした。

千歳が見たという炎の影。

揺らめく火。

――焼身自殺。

由岐が眉間に深い皺を寄せて、

「ね、いやな話でしょう。最初のうちは、大井川さんに同情が集まったのよ。一方的にストーカーされて毎日騒ぎたてられた上、庭先で焼身自殺なんていい迷惑だ、ってね。動画やローカルニュースの報道のせいもあって、あの女性にはよくないイメージが定着していたし」

「でも、違ったんですか」

部長が尋ねた。由岐がうなずく。

「そう。さっきも言ったけれど、事件から半年が過ぎて、もうみんな記憶から薄れかけていた頃のことよ。……大井川さんのご主人がね、おかしくなったの」

「おかしくなった、とは？」

「文字どおりの錯乱ってやつね。ご主人、事件以来ずっと不眠がつづいていて、やっと寝ついても悪夢でうなされる毎日だったらしいの。眠れないと人間は駄目になるっていうのはほんとらしいわね」

由岐が語ったところによると、大井川家の主人は一週間の無断欠勤の末、焼け落ちた車庫の跡地に躍り出て、

「申しわけありませんでした。わたくしは過去を悔いて、この場ですべてを告白いたします。ほんとうに申しわけありませんでした」

とパジャマ姿のまま土下座し、突如として金切り声で長々と懺悔しはじめたのだという。

「……結局、岸さんの主張が正しかったのよ。ご主人は変装して自宅と岸さんのアパートとを往復するかたちで、何年も二重生活を送っていたらしいの。つまり彼女の側からしたら結婚詐欺みたいなものね」

と由岐は眉間を揉んだ。

「じゃあ、結城——いえ、岸さんのアパートに通っていた男性というのは」

森司が問う。

「ええ、大井川さん本人。正式な奥さん相手には『異動で出張が増えた』と言い、岸さんには『普段は海外にいる』と言って通い婚のような生活をしていたそうよ。でもひょっとしたら二重どころか、三重、四重だった可能性もあるわね。まあいまとなっちゃ、わかりようもないけれど」

「せやけど向こうの住民が言うてましたよ。『通いの愛人は日焼けして、背も十センチくらい違った』って……」

唖然と鈴木が言う。

由岐は苦笑して、

「日焼けなんて半年もすれば白くなっちゃうし、最悪ドーランでだってごまかせるわ。背はヒール内蔵の靴を履けばいいんだからもっと簡単。あとは髪型とか髭とか服装、サングラスなんかで目いっぱい印象を変えてたみたい」

「そんな。そんなことって——可能なんですか。いくらなんでも無理でしょう」

唖然とする森司に、

「いや、それが『事実は小説より奇なり』で、過去にも似た例はあるんだ」

部長が苦々しく言った。

「もっとも有名な結婚詐欺師は、一九七〇年代から九〇年代にわたって犯行をはたらいたとされる、通称〝クヒオ大佐〟かな。彼は純日本人ながら髪を金髪に染め、軍服のレプリカを身につけてアメリカ空軍の特殊部隊パイロットを名のり、女性たちを次つぎだましていった。恐ろしいことに、『母親はエリザベス女王の双子の妹だ』だの、『六歳でワシントン大学を卒業した』だのと荒唐無稽を通りこした妄言をばらまいていたらしい。彼にだまされた女性は最低でも七人、被害総額は当時の貨幣価値でも一億円以上にのぼると言われている」

「クヒオほど笑えない事件もあるわよ」

藍がうんざり顔で言った。

「二〇〇七年か八年だったかな。自分が予約していた結婚式場へ、式の当日に放火した男がいたのよ。『結婚できない事情があった』、『火をつければ式が中止になると思った』なんて供述だったから、てっきり結婚に怖気づいたのかと思いきや、なんとその男、既婚者だったの。

結婚して十年以上経つ妻がいるのに、独身のふりをして別の女性にプロポーズしてね。その女性と式場めぐりして、招待客やウェディングドレスを決めて、結婚指輪まで予約して、まったくの別人を父親だと偽って紹介しながら、そのかたわら二度も堕胎させていたっていう最低男よ」

「ひどい」

「最悪」

こよみと千歳が声を揃えた。藍が首をすくめて、

「ほんと、最悪よね。やり口も悪質だし、頭も悪い。既婚だとばれたくないから式場に放火って、もっと大ごとになるに決まってるじゃない。ちなみにだましのコツは泣き落としと、夜間は徹底して連絡を不通にすること。あとは『結婚前提の、本気の交際』を最初からアピールすることだそうよ」

いやだいやだ、と言いたげにかぶりを振った。

「有名な女性の結婚詐欺師もいましたよね。いや、あれは殺人でしたっけ？　中高年の男性ばかり狙って、金目当てですくなくとも四人は殺したっていうブランド好きの」

と言う森司に、「木嶋（きじま）佳苗だね」と部長が嘆息した。

「結婚詐欺にひっかかるのさえ、いまや男女平等な世の中だよ。昔ほど女性が結婚に必要性を感じなくなり、結婚率が下がった結果、男性たちも親の介護や己の老後に不安を抱くようになった。その怯（おび）えにつけこんで金をむしるんだから、じつに卑怯（ひきょう）な犯罪としか言えないね」

「ええ、ほんとに卑怯。……だからこそさすがの大井川さんも、良心の呵責（かしゃく）に耐えきれ

なくなったんでしょうけど」

由岐は苦りきった顔で言った。

「大井川さんは中古車販売店に勤務していたから、他人の印鑑証明書や身分証明書のコピーを手に入れられる立場だったらしいの。彼は自分にちょっと顔立ちの似た結城という男性を選んで、彼の名前でもって岸さんと交際をはじめたわけ。

そして彼女が妊娠すると、『結婚しよう。二人で住むための新居を借りたよ』と言い、あのアパートを用意してあげた。そりゃ女は信用するわよね。アパートを借りられるってことは、それなりの収入と身分がしっかりしてるってことだもの。まさか身分証明書も納税証明書も他人のものを使ったなんて、考えもしやしないわ」

「でも、なんでわざわざ部屋なんて借りてやったんです?」

森司が問う。

「仕事を辞めさせるためと、友達から引き離すためだったそうよ。孤独にさせておかないと『その男、ちょっとおかしいんじゃない』なんて、よけいなアドバイスをする人がいるからですって」

「ろくでもない方向にだけ頭がはたらくわね」と藍。

「まったくだわ。そして大井川さんは彼女に婚姻届を書かせ、役所に出してくると言ってなに食わぬ顔で破棄してしまった。子供の出生届も以下同文。そして『赴任先は治安のよくない国だから、子供が小さいうちは連れていけない』と言って、単身赴任のふりで何箇月かに一回彼女と子供のもとへ通ったというわけ」

「岸さんは彼の言うことを信じこんでいたんでしょうか。それとも内心あやしんでいながら、信じようとしていたんでしょうか」

こよみが言う。

「さあね、わたしはたぶん後者だと思うけど。でもどっちみち、いずればれたに決まってるわ。たとえば彼女がパートに出たくなって、職場に提出するための謄本でも取り寄せたら、自分が旧姓のままだってすぐにわかっちゃうでしょう。それに子供のほうだって、六歳になっても就学通知が来なけりゃ、役場にかけあって調べてもらうに決まってる」

由岐はすっかりぬるくなったお茶を含んで、

「でもそこまで大がかりな嘘をついておきながら、大井川さんは数年で彼女に飽きた。彼は岸さんのアパートへ通うのをやめ、もとの家庭に戻って良きパパを演じてた――でも、動物園に行った帰り、奥さんの希望で入ったスーパーで、岸さん母子とはちあわせしてしまったの」

「子供は変装をものともせず、真実をしっかり見破ったってわけだ」と泉水。

「そういうこと。その一件で岸さんはようやく現実を直視して警察に訴えたけれど、しょせん痴情のもつれだろうとろくに相手にしてもらえなかった。頼るものもない彼女は錯乱状態で大井川さんの自宅に押しかけ、その姿を撮られてネットに晒（さら）されて、さらに病んで――あとは、ニュースのとおりよ」

「ではあの、貴士くんは……岸さんのお子さんは、どうなったんでしょう」

森司が尋ねた。

由岐が答える。

「自殺する直前、岸さんが自分の手で施設に引き渡していったらしいわ。だから心中沙汰には巻きこまれずに済んだみたい」

「それはよかった……と言っちゃいけないですが、不幸中の幸いですね」

森司は声を落とした。

ただでさえ胸糞の悪い一件だが、これで子供まで被害に遭ったのでは胸糞の二乗、三乗だ。

「ええ。噂によれば、岸さんの妹さんが後日、施設へ引き取りに来てくれたそうよ。いまごろ幸せでいるといいんだけど――ああそうだ、子供といえば」

由岐が目もとを歪めた。

「大井川さん、奥さんに『二重生活だなんて、なぜそんなことをしたの』と問いつめられて、こう答えたそうよ。『このままおまえたちを養って、歳をとっていくだけの人生にうんざりした。責任につぶされそうだった。男は永遠の少年だ。いつまでも子供で、自由でいたかったんだ』って」

「最悪」

千歳がいま一度吐き捨てた。

「最低、最悪」

「ほんと最低よね」

「最低です」

藍とこよみも憤然と同意した。

「それで、大井川さん一家はどうなったんです？」

部長が問う。

由岐は肩をすくめた。

「夜逃げ同然に引っ越していって、それっきり。どこへ行ったかも知らないし、離婚したのかどうかも知らない。もしかしたら子供のために別れなかったかもしれないけど、きっと幸せではないでしょうね」

「ぜひ離婚していてほしいわ。奥さんと子供に罪はないもの。その男には、一人だけで不幸になっていてほしい」

藍が断言した。その横でこよみと千歳が厳しい顔でうなずく。

ふと泉水が鈴木と森司に顔を向けて、

「おい、なんでおまえら、そんな縮こまってんだ」と訊(き)いた。

「いやなんとなく……」

「男の端くれとして、なんだかこっちまで肩身が狭くなったというか、自分が責められている気分になったというか……」

「なんでよ。べつにきみたちがちいさくなる必要ないじゃない。さっきも言ったように、結婚詐欺も男女平等の世の中なんだから。女性ばかりが被害者じゃないさ」

と部長が呆(あき)れたように言ってから、

「とはいえこの一件の解決は、女性陣にお願いしたくなってきたな。以前、壁に顔が浮き出てくる〝男ぎらいの幽霊〟に遭遇したことがあったじゃない。ぼくたち男が不用意な真似をすると、どうもあのときの二の舞になりそうな気がする」

「了解、まかせて」

藍が請けあい、千歳を振りかえった。

「さて安西さん、というわけなんでアパートにまた戻ってもらってもいい？　今度はあたしとこよみちゃんが同行するわ」

「いいですけど、どうするんですか」

千歳が不安げに目をしばたたく。

こよみは藍と肩を並べ、

「そうですね。——では部長にならって、わたしたちも過去の経験を踏まえ、生かしてみようかと思います」

と言った。

9

週があけて水曜日の夕刻。

森司がオカ研の部室へ顔を出すと、入江順太と安西千歳はすでに来訪していた。その奥には黒沼コンビと鈴木がおり、テーブルには先日順太が古物市で購入したブリキの幻灯機が置いてある。

森司がなにか問う前に、順太は振りかえって頭を掻いてみせた。

「すみません。どうもうまく修理できなくて、持ってきちゃいました」

「こんなもん一からつくったほうが早いぞ、とアドバイスしてたとこだ。外枠はこんなご立派じゃなくても木箱か段ボール箱で充分だし、虫眼鏡のレンズに、電球とソケットさえありゃなんとかなる」

と泉水が言い、部長がその横で微笑む。

「その程度なら構内の売店でも揃うだろうから、買ってこようかって話してたんだよ」

森司は教科書が詰まった帆布かばんを肩からおろして、

「あ、じゃあおれ、ひとっ走り行ってきましょうか」と言った。

途端に順太が慌て顔になる。

「いやいやいや、おれが行きますよ。まさかそんな、先輩にパシリのような真似をさせるわけには」

「でも売店、遠いだろ？　たぶんおれが走ったほうが早いから」

「ああ。八神さん、足速いんですもんね」

千歳が声をあげた。

ちょっと驚いて、森司は彼女を見やった。

なぜそれを知っている。いやそれより、例のアパートの幽霊はどうなったのだ。土曜の夜、藍とこよみと連れ立って去る彼女の背中を見送って以来会っていなかったが、幻灯機よりとりあえずはそっちの話を――。

だがそう問う間もなく、引き戸が勢いよく開いた。

「ただいま。今日は無事に残業なしで切り抜けてきたわよー」

と藍が、つづけてこよみが入ってくる。

森司はなんとなしほっと胸を撫でおろした。こよみの顔を見るのは三日ぶりだ。なぜか昨日も一昨日も、彼女は部室へ顔を出さなかった。

森司は藍と千歳へ交互に顔を向けながら、

「おかえりなさい。あの、あれからどうなったんです。アパートの幽霊は、いえ、岸美也子さんは」

と尋ねた。

「そうそう。あれからねえ、そりゃもう大変だったんですよ」

嘆息まじりに千歳が言う。

「た、大変とは」

森司はごくりとつばを飲んだ。

しかし千歳はそんな森司の反応とは裏腹に、

「大変に楽しかったんです」

しれっと言いはなった。

千歳と藍の説明によれば、アパートへ戻った彼女たちはまず〝面子を揃える〟ところから取りかかったのだという。

わずか三十分後、くだんの部屋にはお馴染みの五十嵐結花と片貝璃子コンビ、千歳と同じ大学の板垣果那とが集まった。

六人の女たちは速攻でデパ地下へ遠征し、三千円ずつ出しあって思うさま飲食料を買いこんだ。ビール。酎ハイ。安い輸入ワイン。ウォトカの壜に、割るためのフルーツジュース。チーズにサラミ。惣菜のサラダ。ローストビーフにちょっといいチョコレート。

酒盛りは、まだ陽の落ちきらぬ午後六時に開宴された。

彼女たちは「近所迷惑にならぬよう、あくまで小声で話すこと」をルールとしながら、十時間以上ノンストップで、大井川某という詐欺男のことを罵って罵って罵りまくったらしい。

「なにが永遠の少年よ」

「ずっと子供でいたいんだったら結婚なんかするなっての。だいたい子供が子供つくってどうすんのよ」

と毒づき、痛罵し、糞味噌に言い倒した。ちなみに舌鋒がもっとも鋭かったのは、結花と果那がツートップであったという。

「以前、幽霊が出るという評判の居酒屋で、地縛霊の彼といっしょにお酒を飲んで騒いだことがあったじゃないですか。あのときみたいに、岸さんにも鬱憤を晴らしてさっぱりしてもらいたかったんです」

と、こよみが言った。

「要するに気持ちの行き場がないから化けて出るんだものね。岸さんは友達とも引き離されて、孤独で、たぶん一人での子育てにも行き詰まってたんじゃないかしら。生前に彼女の愚痴を受けとめて、相談にのってやったり、いっしょに怒ってやる存在がいたとしたら、きっと事態は焼身自殺とまでは悪化しなかったと思うわ」

藍がまぶたを伏せて言った。

「で、どうなりました」

森司がこわごわと尋ねる。

「朝の四時までは記憶があるんですけど、はっと目が覚めたらお昼の十二時でした」

千歳が苦笑した。

藍が肩をすくめて、

「あたしは大丈夫だったけど、ほかのみんながひどい二日酔いでね。コンビニからポカリ買いこんできてしばらく休憩して、午後二時解散よ。あれから安西さんもこよみちゃんもどうだった？　月曜はちゃんと大学行けた？」

「わたしは講義だけ」とこよみ。

「わたし、休んじゃいました」千歳が半笑いで答えた。

ああどうりで、と森司は思った。だからこよみちゃんは、月曜も火曜も部室へ寄らずに帰ったのか。

二日酔いのつらさは彼にもよく身に覚えがある。ひたずら水分補給をして寝ているほかない。講義に顔を出せただけでもたいしたものだ。

「で、幽霊のほうはどうなったんです」

「とりあえず日曜、月曜、火曜と姿を見ていません。――たぶん、このまま二度と現れないんじゃないでしょうか。なんとなくそう思えるんです。わかってもらえないかもしれませんけど、部屋の空気が以前とはっきり違うんです」

「いやわかるよ」

「わかります」

千歳の言葉に、森司と鈴木が口ぐちに賛同した。

おしなべて〝出る〟部屋というのは独特の空気感があるものだ。

言葉ではうまく説明できないが、とにかく「ああここは、ほかとは異なる」と、肌に訴えかけてくる気配が在るのである。

「もう数日様子をみたほうがよさそうだけど、ひとまず落ちついたと考えてよさそうかな。よかったよかった、やっぱり女性陣にまかせて正解だった」

と部長が微笑み、順太を振りかえった。

「さて、となると次は入江くんの番だね。——早速これから、お宅にお邪魔しても大丈夫かな？」

10

順太が事前に「ボロいですよ。ほんとにボロ家ですからね！」と強調していたとおり、木造二階建てのその家は全体に煤ぼけて、どこもかしこも黒ずみ、壁にも戸にも濃い雨染みができていた。

とはいえ造り自体は頑丈で、住みにくそうには見えなかった。

しいて難点といえば風防室がなく、引き戸が通りへ直接面しているため、雪が積もったら苦労しそうなことくらいだろうか。だが住人が健康な若い男ゆえ、これも問題というほどの問題ではないだろうと思えた。

「幻灯機のほかにも、日光写真のカメラなんかを買ってたよね。どうだった、タカシくんに気に入ってもらえた？」

鶯張りもかくや、というほどに軋む廊下を歩きながら部長が訊いた。

「おもちゃのたぐいは、まあまあ気に入ってもらえたみたいです。でもそのほかはいまひとつでしたね」

順太は苦笑した。

「親父から情報をもらって、タカシ叔父が好きだったっていうお菓子をお供えしてみたんです。うまい棒とかマーブルチョコとかの懐かしの駄菓子系をね。なのに不評だったみたいで、家はこの有様です」

と言いながら障子を開ける。

畳に駄菓子が散乱していた。チョコレート。キャンディ。スナック菓子。缶ジュース。まさに子供が手で払ったか、蹴とばしてまわったような散らばりかただ。

部長が眉根を寄せて、

「そっかあ。なにがいけなかったんだろうね。どれもロングセラーの、叔父さんも好きだっただろうお菓子に見えるけど」

「パッケージがマイナーチェンジしてて、『これじゃない』って思っちゃったとか？」

と藍が言う。

「いや、ちょっと待て」

泉水がさえぎった。

森司と鈴木を手まねきし、菓子が散乱している付近へと立たせる。

「どうだ、どう思う？」

「あ……はい。そうですね」

森司は自信なさそうに同意し、鈴木も首肯した。

「泉水さんの言いたいことは、わかる気がします。たぶんですけど――いや、やっぱりそうやな」

「ちょっと、そこ。三人だけでわかり合わないでよ」

藍が割って入った。

「あたしたち凡人にもわかるように、ちゃんと説明してくれない」

「すみません」

と森司は気弱に謝ってから、

「年代が、合わない気がするんです」と言った。

「どういうこと？」

尋ねかえす部長に泉水が目線をやって、

「ここにいる入江の叔父なら、生きていたとしても四十代後半だろうよ。ということは事故で死んだのはせいぜい四十年前ってとこだ。だとすると一世代違う。この室内を歩きまわっていたのは、もっとずっと古い霊だ」

戸惑いの空気が部屋に落ちた。

「え――あの、どういうことです」

順太が面食らった顔で言った。

「つまり、あれは、あの子は、タカシ叔父じゃないってことですか？　いやでも、だとしたら、いったいどこの誰――」

言いかけた彼を封じるように、玄関の引き戸がけたたましい音とともに開閉された。

「おおい、順太。なんだ、友達が来てるのかあ」

陽気な中年男の声が廊下の向こうから響く。

三和土（たたき）に並んだ靴を見てだろう、「友達を呼ぶのはいいが、おまえ、羽目をはずしすぎるなよ」と言いながら、上がっていいかとも聞かず、傍若無人な足音とともに近づいてくる。

障子戸が開いた。

と同時に、その場にいたほぼ全員が、部屋を横切るように駆けていく子供の――男児のシルエットを目のあたりにした。

影は脇目もふらず、まっすぐに戸口へ向かって走った。そこにはいましも障子を開けたばかりの、老眼入りの眼鏡をかけた太鼓腹の中年男が立っていた。

男はぶ厚いアルバムを片手に掲げ、

「おう。ちょっと遅れたが、頼まれたもん持ってきたぞ。兄貴もタカシも写ってる、我が家の秘蔵――」

「お父さん！」

男児の叫びが空を裂いた。

順太は目を見ひらいた。森司も鈴木も、その場にぎょっとして立ちすくんだ。藍と千歳は言葉を失い、こよみは息を呑んだ。

全員の脳裏に、同じ光景が浮かんでいた。

――結城さんが連れていた貴士ちゃんが、よその旦那さんの背中に『お父さん！』って抱きついちゃったのがはじまり。

――子供は変装をものともせず、真実をしっかり見破ったってわけだ。

「お、親父、まさか……」

順太が瞬きもせず喘いだ。

「ん？　なんだ、なにかぶつかったかな？」

彼の父親こと、入江功がアルバムを掲げたまま、きょとんとして腹を掻く。

すでに男児の影は消えていた。だがまだその気配だけは、室内に色濃く残っていた。

思わず森司は鈴木と顔を見あわせた。

「ええと、ほら……あ、あれよ。タカシくんが、父親であるお祖父さんと、間違えちゃっただけじゃない？」

藍がうろたえながら助け船を出した。

「だっていまのお父さん、タカシくんが亡くなった頃のお祖父さんと、歳がそう違わないかも。だから見間違えてもおかしくないわ。ね？」

しかし順太がかぶりを振って、

「いえ、親父と祖父は全然似てないんです。祖父はどっちかっていうと男前な顔立ちでしたけど、親父は見てのとおりこんなんで――」

「まあ待て。それ以前にあの子供は叔父じゃあり得ないと、おれたちがさっき言ったばかりだろうよ。ありゃあおれの見たところ、ゆうに七、八十年は前の霊だぞ。入江の親父さんが浮気で二重生活するには、無理がありすぎだ」

と冷静に泉水が言いはなつ横で、順太の父はやはり困惑顔で突っ立っているばかりであった。

11

「……いやあ、この地下に入るのは何十年ぶりかな。よく鼠が湧かなかったもんだ」

入江功は口に巻いた布越しに咳きこみながら、開錠したばかりの地下室であからさまに顔をしかめてみせた。

元映画館だったという地下室は埃くさく、黴くさかった。

半びらきの緞帳の向こうに大きなスクリーンがあり、その前には五十人ばかり収容できるだろう座席が並んでいる。

布張りの背もたれは、どれも虫食いだらけだ。照明はかろうじて点いたが、映写機やフィルムのたぐいはどこにも見あたらなかった。

「この家を建てた祖父ちゃん——いや、順太にしてみたら曾祖父ちゃんか——は映画が好きなだけの、てんで時流の読めない男でね。映画がサイレントからトーキー全盛になりつつあるってのになお弁士を目指して、失敗して、こんな田舎町にさびれた映画館を開くしかなかったんだよ」

功の顔は苦笑していたが、その口調には愛情が滲んでいた。

「曾祖父ちゃんも祖父ちゃんも、とにかく子供好きな人だったな。曾祖父ちゃんは大人より子供の好きそうな映画を優先で上映していたし、祖父ちゃんは映画館を廃業したあと、真っ先に子供相手の商店をひらくことを決めたんだ。駄菓子に、おもちゃに、文房具に、爆竹に……そうそう、インベーダーゲームなんてのも流行ったっけ。あの頃はゲームセンターどころかファミコンもなかったから、子供はみんな駄菓子屋の軒先に集まってきたもんさ」

九人がかりで箒と塵取り、清掃ワイパーを駆使して埃を掃除し、なんとか人がいられるまでに清浄した。こういうとき地下は、窓を開けて換気できないのが難である。

「おい本家、こいつはこのへんに置いていいのか？」

泉水が部長に声をかける。

彼が設置しようとしているのは、彼自身がついさっきまで日曜大工のように工作していた、簡易な反射式幻灯機であった。

材料は黒く塗った段ボール、虫眼鏡からはずしたレンズに、電球とソケット。そして反射板代わりのブリキ缶のみである。

「ちょっと待ってよ。電気を消して、映しながら調整してみないとわからない。藍くん、ごめん。ちょっと照明落としてみてくれる？」

「了解ー。みんな座った？　足もと大丈夫？　消すわよ」

その声とともに、あたりは闇に包まれた。


あれから順太の父こと、入江功の汚名はさいわいすぐに晴れた。

「親父が潔白なのはなんとなくわかりました。でもタカシ叔父でないなら、いったいあの子は誰なんです？」

という順太の問いに、

「うーん……。すみません、いまお持ちの、そのアルバムって見せてもらってもいいでしょうか」

と森司は功を振りかえって頼んだ。

「え？　あ、ああ」

彼があたふたと卓袱台へ、セピア色に褪せたアルバムをひらく。

最初の数ページはモノクロだった。当然、どれも家族写真だ。

彼らがいまいるこの家の前で、家族が整列して撮っている写真がある。はたまた子供たちだけで遊んでいるショットがある。どれも全体にコントラストが落ち、色褪せてしまっている。


「泉水さん、せーので指さしませんか」

森司が言った。

泉水はうなずき、鈴木は「おれは、ちょい自信ないんでやめときます」と辞退した。

「せーの」

森司と泉水の指は、ぴたりと同じ人物を指した。

順太が、父とともに目をまるくする。

二本の指はタカシ叔父の父親、つまり順太の祖父の顔の上で止まっていた。


端のほつれた緞帳がゆっくりとあげられた。

黄ばんだスクリーンで、順太が作製した動物の絵や、お伽ばなしの影絵人形が躍りだす。どれも、簡易式の反射式幻灯機によって映しだされた影絵であった。

「おまえの祖父ちゃんは、さっきも言ったように子供好きな人でなあ」

息子に向かって功が、しんみりと語りかけた。

「店が流行っていて、毎日軒先に子供が押しかけていた頃は、そりゃもう生き生きしてたよ。天職だったんだろうな。でもおれが高校生になったあたりから、こんな田舎にも大型チェーンのスーパーが台頭してくるようになって、町の商店はどこも元気をなくしちまったのさ」

「日本各地で、シャッター商店街や買い物難民は問題にされていますもんね」

部長が相槌を打った。

「ああ。それでもうちはまだよかった。昔ながらの馴染みがいて、細ぼそとでもつづけていけたからな。ただし祖母ちゃんが生きてる間までだ。――祖父ちゃんが一人で店を切り盛りするようになると、レジの勘定が合わなくなることが増えてね。ついに惚けちまったのかと、祖父ちゃんはがっくりきて一気に老けこんじまった」

功はかぶりを振った。

「その頃には息子であるおれたちが一人前になっていたから、生活に困ることはなかったが、やっぱり人間ってのは生きがいがないと駄目なんだな。坂を転がり落ちるように、頭にも体にもがたが来はじめた」

気がついたら祖父ちゃん、ほんとのほんとに惚けちゃってたよ――と、彼は重苦しいため息をついた。

「慌てて施設に入れるよう手配して、商店をたたむ支度をしていた矢先さ。近所の住民何人かが、中学生の息子を連れて現れた。なんの用件かと思って聞いてきたら、なんとその中学生たち、祖父ちゃんの商店で万引きを繰りかえしていたんだとさ」

功は顔を歪めた。

「どうりでレジの勘定が合わないはずだよ。祖父ちゃんは子供好きで、子供を信じていたからな。万引きなんて疑ったこともなかったのさ。自分の頭が衰えたと思って、自分を責めたあげく惚けちまった。『ばあさんに大事な店をまかされたってのに、申しわけない、申しわけない』って、ちっちゃくなって何度も仏壇の前で謝ってたっけなあ」

と遠い目になって、

「いざ商店を潰すという段になって、ようやく中学生たちは罪の意識にかられたらしく、親に打ちあけた。それで仰天した親たちが、子供を連れて謝罪と弁償に来たってわけだ。でもそんなこと、いまさら言われたって遅いよ。いくら謝ったって、もう祖父ちゃんがもとに戻ることはないんだ。……なんというか、やりきれなかったね」

確かにやりきれない、と森司は思った。

人というのは取りかえしがつかないと悟ったときに、ようやく良心の痛みを覚えるものなのかもしれない。

あたかも二重生活の末、内縁の妻に壮絶な自殺をされて、はじめて大井川という男が心からの懺悔をしたのと同じように――。いざ現実を突きつけられてみないと身に沁みない、愚かな生きものなのかもしれない。

「それでお祖父さまは、施設へ?」

部長がうながす。功は首肯した。

「ありがたいことに、施設ではよくしてもらえたよ。祖父ちゃん、すっかり子供に返っちゃってさ。あれはあれで幸せそうだったな。でも死ぬまで『おうちに帰りたい』と言ってたっけ。――そっか、死んでようやく、望みどおりにこの家へ帰ってこられたんだなあ」

彼は指で目じりを拭った。

誰もが子供の幽霊だと思っていた。幼くして死んだ男児に違いない、と。

だが違った。

高齢で、心が子供に戻ってしまったからこその、幽霊のあの姿であった。

――いつまでも子供で、自由でいたかったんだ。

結婚詐欺野郎が言うのは許せないが、こちらのお祖父ちゃんの言葉なら身につまされるな、と森司は胸中でつぶやいた。

功は洟をすすって、

「おれは曾祖父ちゃんによく似てると言われるからな。祖父ちゃんが父親だと勘違いしたのは無理ないさ。それに比べて順太は母さん似で、入江家とは顔の系統からして違うものな。いまの祖父ちゃんにとっちゃ、おまえは〝知らないどっかのお兄ちゃん〟なんだろう。そのぶん、努力して気に入ってもらわなきゃなるまいな」

「わかってるよ。だからこうして頑張ってるんじゃないか」

影絵人形を操りながら、順太が反駁した。

「喜んでもらおう、気に入ってもらおうとしてこんなことやってんだからさ。どうにかして好かれなきゃ、安心してこの家に住みつづけられない」

森司がひかえめに挙手し、発言した。

「それよりお祖父さんに、入江くんがほんとうは孫だとわかってもらったほうが早いんじゃないでしょうか」

「え、どうやって」

てきめんに順太が目を剝く。

森司は目線を泳がせて、

「あーっと、お祖父さんの意識を、もとのご老人に戻すのって不可能ですかね。その上でご自分の死を悟ってもらえば、この家や、当時のご家族への執着も解消するんじゃ」

功が首を振った。

「いやきみ、そんなかんたんに言うけどね。そう言われても、こっちはどうしていいものやらさっぱり……」

「ま、やるだけやってみましょうよ。せっかくこんないいものがあることだし」

部長が割って入った。

色褪せたアルバムを掲げ、にっこり笑う。

「入江くんのお父さん。すみませんが、この中から家族の節目節目の写真を選んで、剝がしてもらえませんか。ええ、それで年代順に並べてもらえるとありがたいです。ところで入江くんのお祖父さんのお名前は、なんというんですか？」

「え、あ、武夫だよ。入江武夫」

気圧されたように功が答える。部長は大きくうなずいて、

「いいお名前だ。きっと喜んでくれますよ、武夫くん」


最初に映しだされたのは、映画館の看板の前で一家全員で撮った写真であった。

映写機やスライド式幻灯機と反射式幻灯機の最大の違いは、〝透過素材のスライドやフィルムでなくても映しだせる〟ことだ。画像の前から光をあて、反射させるだけのごく単純な原理だからである。

写真には順太の曾祖父母、祖父母、功を含む三兄弟が写っている。ただしタカシ叔父らしき末子はまだ赤ん坊で、おくるみのまま祖母の腕に抱かれていた。

写真が取り替えられ、スクリーンの映像も切り替わる。

道路で石蹴りをする子供たち。当時のヒーローの真似でもしているのか、風呂敷をマントのように首に結んでいる子供。勝ち取ったらしいメンコを得意げにカメラに向けて笑っている子供。その前歯は欠けて、黒い穴になっている。

ふと、森司はあらぬ気配を感じた。

声をあげそうになり、横の鈴木に肘で突かれて呼吸ごと呑みこむ。

スクリーンの端に、男児の横顔が映っていた。

画面の手前にちょこんとしゃがみこんで、次つぎ変わる写真に見入っているらしい。

間違いない。この家に住みついている影絵の少年だ。幽霊——いや、いまは亡き入江武夫の、童心そのものだ。

次いで写真は夏の風景に変わる。

曾祖父らしき男が、着流しの浴衣(ゆかた)姿で床几(しょうぎ)に腰をかけている。なるほど、顔が功にそっくりだ。晩婚だったのか、子供たちはまだちいさいのに、すでに初老にさしかかっているように見える。

次の写真では、祖父が子供たちにラムネを開けてやっている。集まった子供は十人はいるだろうか。息子たちだけでなく、商店に集まる子供もまじえて撮ったのだろう。どの子も真っ黒に日焼けして、大きく口をあけて笑っている。

ふいに幼い武夫の影絵が、揺らめいてぶれた。

森司は思わず目をしばたたいた。

影絵の子供が——増えていた。

全部で四人だ。しゃがみこんだままの武夫をよそに、増えた三人ははしゃいで走りまわっている。男児たちの影絵がスクリーンを、右へ左へ何度も往復する。武夫より大きい子。同じくらいの年頃の子。そして、よちよち歩きの幼児。

「おれだ」

功が、唖然(あぜん)と言った。

「あそこで走ってる影。あれは、兄貴とおれだ。そのあとを、いつもタカシが追っかけてきて――。そうそう、兄貴はポリオをやったから、右足をちょっと引きずるんだ。うわあ、あのかたちの悪い坊主頭。見間違いようないよ、ありゃあ、疑いなく兄貴だ」

語尾が涙でふやけた。

子供たちの影が増えていく。四人、五人、六人、七人――。商店や映画館を根城にしていた子供たちだろうか。喜んで飛びはねている。肩を組みあい、小突きあい、子犬がじゃれあうようにもつれている。

武夫の影は彼らにまぎれ、もはやどこにいるかもわからない。

功がなかば腰を浮かせた。どうやら武夫を探しているらしい。中腰の姿勢で、首をせわしなく動かしている。

森司は彼の肩に手をかけ、座らせようとした。だがその手は瞬時に振りはらわれた。

功は叫んだ。

「――親父！」

悲痛な声だった。

しかし反応はなかった。子供たちとともに飛びはねているのか、それともまだしゃがみこんだままなのか、判別がつかない。どこにいるかもわからない。

途端、打ち上げ花火の音がした。映像のない音だけの花火だった。

影絵の子供たちが歓声をあげる。十数発で花火が終わってしまうと、やがて、どこからかアコーディオンらしき単調な曲が流れてきた。

曲に、滑舌のいい男の声が重なる。

「『あの人、いつかもおッかさんが話していた人じゃない。ひょっとして、あにさんじゃあないの』……」

若い娘の声色をつくっているのだろう、甘く鼻にかかった声だ。それが一転して、きつい中年女の声色に変わる。

「『あにさんだったら、どうおしだね』、『ええっ、やっぱりあにさんだったの、いまのひと。おッかさん、あにさんなら何故帰したの、何故帰しちゃったの……』。あわれ、探しもとめた母に冷たく突きはなされて、悄然として去ってゆく、番場生まれの忠太郎……」

中年女から、また娘の声に戻る。そして抑揚たっぷりな弁士の語りが入る。きっと往年に、曾祖父が語ったくだりの再現なのだろう。

また声色はさらに一転し、

「夫のため、病める娘のため、気丈にも追手の香川刑事に、拳銃を突きつけるまゆみであった。『あなた、早く！　早くお逃げになって！』。その声に、カーテンの陰から現れた周二。病の床で泣く娘みち子を両手でしっかとかき抱き……」

部長がつぶやいた。

「『瞼の母』。それに小津安二郎の『その夜の妻』だね」

森司ははっとした。

瞼の母。妻。そうだ――。

彼は席を離れ、幻灯機をあやつる泉水のもとへ走った。その手もとを懐中電灯で照らし、アルバムから写真を選んで剥がす。

「泉水さん、これを」

ちょっと眉を動かしただけで、泉水は反論もせず受けとった。

まずは曾祖母の写真が何枚かつづけて映された。曾祖父と並んで写った着物姿。子供たちと写真館で撮ったらしく、行儀よくかしこまったショット。

次いでスクリーンに映しだされたのは、二十代だろう女の姿だった。白黒だ。白いブラウスに濃色のスカート。当時の流行だったのか、つば広の帽子をかぶっている。

功が呻いた。

「……母さん」

その声に、ぴくりと肩を動かした男児の影絵があった。

あいかわらず取っくみあい、子猫のようにもつれる子供たちの間から、すり抜けるようにして一人、立ちあがる。

やはり横顔だった。スクリーンに映った女の姿に見とれるように、男児の影が棒立ちになっているのがわかった。

さらに写真が切り替わった。

同じ女の写真だ。しかし今度は横に青年がいる。おそらくは二十代の入江武夫だろう。

二人ともカメラをまっすぐ見据え、ぎこちなく微笑んでいる。

次に映ったのは結婚写真だった。

武夫は紋付袴。その横に座る妻は、角隠しに色打掛。どこかの座敷で撮ったのか、背後に床の間と掛け軸が見える。妻はやや前かがみになり、武夫は扇子を持って胸を張っている。

「あ、——……」

順太が声をあげた。

横顔を見せた幼い武夫の影絵が、ゆっくりと変化していくのが見てとれた。手足が長くなり、背が伸び、坊主頭が整髪料で撫でつけられた髪になった。鼻先に眼鏡のシルエットが加わり、あきらかな青年の姿をとっていく。

その横へ、女のシルエットがつと寄り添った。

スクリーンの写真が間断なく切り替わる。夫婦に子供ができる。看板が映画館から商店へ変わる。二人目の息子が生まれる。一家で海へ行く。人でごったがえす海水浴場を背に、夫婦が、子供たちが笑っている。

光景に合わせ、影絵の男女も変わっていった。

男の下腹に脂肪がつき、やや背が縮む。女の髪が短くなり、体形が丸くなる。寄り添いあったまま、二人が着実に老いていく。

幻灯機はいつしか、スクリーンに写真を映すのをやめていた。

いたわるように男の影が女の手をとった。そっと手を握り、肩へ寄りかからせる。女もまた、男の背に手をまわした。

互いに支えあった姿勢で、二人は老人特有のすり足で歩きはじめた。ゆっくり、ゆっくりと、だがけして画面からフレームアウトすることなく歩んでいく。

走りまわっていた影絵の子供たちは、気づけば老夫婦にスクリーンの中央を譲って座りこんでいた。

ふいに、子供のうち一人が立ちあがった。そして手を叩きはじめた。

音のない拍手はたちまち連鎖していった。

影絵の子供らは横顔で、みな口を開けて笑っていた。笑みながら、拍手をしていた。

われ知らず森司も手を叩いていた。客席に座る部長も、藍も、こよみも、鈴木も、順太も、千歳も一心に拍手していた。

前の座席にもたれるようにして、功だけが静かに泣いていた。

薄暗い地下の映画館に、拍手の音はいつまでも鳴り響いた。

12

頭上に透きとおるような晴天が広がっていた。

新歓の喧騒も、連休明けの浮かれ気分もおさまった構内は、いつものののんびりとした空気を取り戻している。

フェンスの向こうに見える学生用駐車場で、職員が駐車許可証のない車をチェックしに巡回していた。中庭のベンチでは、昨夜帰れなかったらしい白衣姿の学生が寝そべっていびきをかいている。花壇のまわりに、蜜蜂がさかんに群れ飛んでいる。

森司は情報基盤センターを出て、部室棟へと向かっていた。

向こうから舗道をやって来た女子学生が、

「あれ、八神さん？」

と言って立ち止まった。

森司は陽射しに目を細めながら、彼女を見やった。安西千歳であった。

「ああどうも、こんにちは」

「こんにちは。ちょうどよかった。いまオカ研の部室にお礼がてら、差し入れを届けてきたとこなんです。今日はケーキだけじゃなく、『いま井』のカツサンドも」

「えっ、それは有難い」

社交辞令抜きで、森司は本気で喜んだ。

カツサンドなどという贅沢品を口にできたのは、いったいいつが最後だったろう。コンビニのハムカツサンドですら割高な気がして手が出せずにいる身としては、一包六百円もする老舗のサンドイッチはまさに高嶺の花であった。

「なんだか申しわけないな。安西さんだって家賃を切りつめてる身みたいなのに、わざわざそんな高価なものを」

「いえ、感謝のしるしですから。もしあそこを出て、また引っ越さなきゃならなくなってたら、カツサンドどころの出費じゃないですもん。それに……」

「それに？」

「……藍さまと一夜を過ごせた思い出は、プライスレスです」

ぽっと頰を染めて千歳はうつむいた。

どうやら開きなおって「藍さま」呼びを定着させたらしい。その言いかただと藍と二人きりで夜をともにしたようではないか、知らない人が聞いたら誤解するだろう、などという無粋な突っ込みはひとまずひかえておいた。森司はただ、

「ヨカッタネ」

と棒読みの相槌でそれを受け流し、

「じゃああれから、アパートに……ええと、岸美也子さんは現れてないんだ？」

「はい、おかげさまで。岸さんのお墓参りにも行ったんですよ。新聞社に電話したら、当時の記事を書いた記者さんがお墓の場所を教えてくれて。それから息子の貴士くんですけど、美也子さんの妹さんの正式な養子になったんだそうです。もちろんいまは戸籍もちゃんとあって、元気で幼稚園に通ってるみたいですよ」

「そうか」

森司は安堵した。

「そりゃあなによりだ。美也子さんの身に起こったことは気の毒だったけど、そのせいで子供まで不幸になったら、それこそ彼女が浮かばれない」

「ですよね」

千歳が首肯した。

「じゃあわたし、これで――、あっ」

きびすを返しかけた千歳が、思いなおしたように振りかえる。

「そういえば八神さんって、もうスポーツはやってないんですか？」

「へ？」

意外な問いに、森司は一瞬固まった。

「いや、べつに……とくにやってないよ。たまに動きたくなって、そのへんを夕方に二、三周走ったりするけど、その程度。最近筋トレはじめたけど、それだって威張れるようなもんじゃないし……」

答えながら、そういえば以前「八神さん、足速いんですもんね」と千歳に声をかけられたことを森司はぼんやり思いだす。

誰から聞いたんだろう。藍さんか、それとも板垣果那か。酒の肴代わりに「そういえばあいつさぁ」などと話題にされてしまったのだろうか。べつにいいけれど、もの笑いの種にされていたらいやだな――と考える彼に、

「なんだ、もったいない」

と千歳が嘆息した。

なにが？　と戸惑う森司の耳もとへ顔を寄せ、彼女がささやく。

「宴会の夜にね、藍さまの画像をいっぱい見せて自慢したら、灘さんに自慢返しされちゃったんです。なにかと思ったら八神さんの高校時代の画像。

『これ永久保存版なんです。八神先輩、格好よかったの。いつも格好いいけど、この日はもっと格好よかったの。ほら見てください。これは先輩がリレーの走者で、こっちは年明けのマラソン大会。わたし先輩と知り合ったのが遅かったから、前の二年ぶんが撮れなかったのが、ほんとにほんとに残念で……！』って」

にやにやしながら、千歳が彼から離れる。

「灘さんみたいな人でもあんな顔するんだなあ、とわかって新鮮でした。じゃあ今日は、これで失礼します。あらためて藍さまにもご挨拶したいし、折をみてまた来ますね。灘さんに——いえ、みなさんによろしく」

と手を振って去っていく。

森司は顔どころか首と耳まで真っ赤にして、呆然とその背中を見送った。

甘やかな薫風が、足もとを吹き抜けていった。

第三話　白椿の咲く里

1

目覚める寸前の浅い意識で、珠青は夢をみていた。

もともと眠りは浅いほうだ。零時前にベッドに入り、ほぼ二、三時間おきに目が覚めては、またうつらうつらと寝入るのが常である。幼い頃から熟睡しにくい体質だった。親や親戚たちには、まるで老人のようだ、とよく笑われたものだ。

「珠青ちゃんは、どこをとっても子供らしくないな」

「頭がよすぎるのよ。精神の成熟度が体にも影響しているんだわね」

子供の頃はそう言われるのが誇らしかった。だがいまとなっては――よくわからない。すくなくとも、昔ほど無邪気には受け入れられない。

夢の中で珠青は白い影を追っていた。

蛍かと見まごう、仄白いまるい影であった。だが蛍にしては大きすぎる。闇にぼうと浮かびあがってはいるが、光ではない。闇を縫うように飛びかってもいない。ひそやかに、息を殺すように静止している。

群れ咲いているのだ。群生だ。

気づけば珠青は白い花群れのただ中にいた。

追っていたはずなのに、いつの間にか白に取り囲まれている。花ざかりだった。どこまでもつづく、無言の花帯である。なぜか珠青はうすく恐怖を感じる。

夢だ、とはわかっていた。

だから目覚めればいいだけだ。体質上、明晰夢をみることはすくなくない。体内時計はそろそろ朝方だと告げている。ぐずぐずと夢をコントロールするより、いさぎよく起きてしまえばいいのだ。

珠青は意識を夢の世界から引き剝がした。

ほんの数秒で、深みから覚醒する。

カーテン越しにも外が明るんでいるのがわかった。首をもたげ、枕もとの時計を見やる。

――六時十二分。

起床時間にはやや早いが、早すぎるというほどのこともない。どうせやらなければならないことは山ほどある。

ベッドからすべり出る前に、まぶたの裏の白い残像は消えていた。

どんな夢をみていたか、目覚めてすぐ忘れる者のほうが大半なのだと俗に言う。だが珠青は少数派のほうに属した。どうやら記憶力のよすぎる彼女の脳味噌は、内容を問わずなんでも蓄えてしまうようであった。

にもかかわらずその朝、珠青はみた夢のほとんどを忘れていた。覚えているのは、己が純白の花群れに囲まれていたことくらいだ。

——このところ、夢見のよくない日がつづいているからかしら。

だから心が、詳細な記憶を拒んだのかもしれない。

体より神経が疲れている日々だ、と自分でも思う。ただでさえ、院生の生活は八割以上が研究室で占められてしまう。

顔を合わせるのは研究室のメンバーと、数名の指導教員のみ。あとはせいぜい、同じ学部棟を行き来する学生たちくらいのものだ。

決まりきった生活は安寧であるようでいて、知らぬ間に自我をすり減らせていく。ぬるま湯に浸かった日々が感覚を鈍らせる。親しいはずの人々に囲まれながらも、孤独に陥っていく。そのせいだろうか、実験データの再現率も、ここ最近は目に見えて落ちている。

——いえ、違うわ。

珠青は指でこめかみを押さえた。

一見ルーティンな日々のせいではない。神経が尖っているのは、再現率が低下したからではない。なにをごまかしているんだろう。馬鹿げている。いつの間にわたしはこんな、理性的な判断のできない人間になったのか。

——いつの間に、だって？

わかっているくせに。なにがきっかけだったかなんて、かえりみるまでもなく知っているくせに。

ほんとうなら、いまごろ人生最良の期間だったはずだ――。その思いが自分を蝕んでいるのだと、誰よりよく理解しているくせに。

珠青はかぶりを振り、自嘲を払い落とした。

ベッドから上体を起こし、スリッパに足を通した。薄いパジャマにカーディガンを羽織る。

すこし早いけれど、アパートを出て大学の研究室へ向かおうと思った。

ルーティンだなんだといくら嘆こうと、結局あそこにしか刺激はないし、あそこでしか自分の気はまぎれないのだ。

何時に行こうがどうせ二十四時間誰かしらいて、鍵も開いている。さっさと朝刊を読んで着替えてしまおう。コーヒーは途中のコンビニか朝マックでいい。いまからお湯を沸かす手間も面倒だし、冷蔵庫はどのみち空っぽだ。

珠青は寝室を出て短い廊下を歩き、玄関ドアの新聞受けを覗いた。朝刊を引き出し、きびすをかえす。

その刹那、視界を違和感がかすめた。

彼女はゆっくりと首をねじ曲げ、靴箱の上の一輪挿しを見やった。

一輪挿しに活けてあった薔薇が散っていた。

琥珀がかったクリーム色の花びら。半剣弁のポール・リカード。昨夜見たときは八分咲きだった――いやそうではない、これは散っているのではない。

花首ごと、落ちていた。

珠青は震える手で、ポール・リカードの花を拾いあげた。開ききった花びらはそのままで、首だけがもぎ取られたように落下している。

断面に、人の手で折りとった跡はなかった。鋏で切った鋭利な切り口でもなかった。ごく自然に、ぽとりと落ちたとしか思えなかった。

だがそれは薔薇の散り方ではない。珠青は目をすがめた。

彼女は植物病理学を専攻している。むろん花にも詳しい。ポール・リカードに限らず、薔薇はその美しい咲き姿とは不似合いに、散っても枯れてもいつまでも枝へ残る。しぶとくしがみつく、と形容してもいいかもしれない。

だからそう、こんなふうに盛りの姿のまま、いさぎよく落ちる花はまるで――。

珠青の手から朝刊が落ちた。

彼女は早足で廊下を戻り、リヴィングへと駆けこんだ。窓を開けたかった。新鮮な空気が吸いたい。胸もとに悪心がこみあげる。いまにも嘔吐してしまいそうだ。

リヴィングを突っ切り、掃き出し窓を開けた。

裸足のままベランダへ出る。目を閉じ、あえぐように呼吸する。

冷えた朝の外気が肺から全身へ沁みていくのがわかった。新鮮な酸素が脳にまで行きわたる。

生きかえるような思いで珠青は目をひらき――そして、くぐもった悲鳴をあげた。

ベランダに並べていたプランターやテラコッタポットの花が、ひとつ残らず落ちていた。

デイジーも、松葉菊も、水仙も、咲いたばかりの牡丹も、すべて花首から手折られたように、敷きつめられた簀子へと散乱していた。無残な眺めだった。それは、花ばなの死骸であった。

珠青は慄然とその場へ立ちつくした。

2

「――という具合にわたし、どうやら呪われてるみたいなの。黒沼さんのその知識で、ぜひとも呪い返しの方法を伝授してくれないかしら」

内藤珠青と名乗った女子院生はパイプ椅子にもたれ、足を高々と組んだ格好でそう言いはなった。

「驚いたなあ。内藤女史がまさか、そんな非科学的なことを言うとは」

揶揄ではなく、本心から驚いたように黒沼部長が言った。

珠青は苦笑して、

「べつに研究者だからといって、わたしはオカルトを否定したりはしないわ。むしろ精神医学から発生した、心の作用を科学的に実証する学問であると認めている立場よ。かの宮城音弥先生や物理学者のヘルムート・シュミットだって、超心理学について著作をものしているじゃない。エディンバラ大学やアストン大学では、同じく超心理学にもとづく心霊現象の研究論文に博士号を与えている。立証方法は厳密に統計を重んじていると言えるし、実験心理学の中でも興味深い分野のひとつだと考えているの」

「それはそれは、ありがとう」

部長が微笑んだ。

「ところでえーと、女史はうちの泉水ちゃんの紹介で来たってことでいいのかな?」

「ええ、それでいいわ」

こよみからコーヒーを受けとりながら珠青はうなずいた。

農学部は植物病理学の院生だという彼女は、長身瘦軀、メタルフレームの眼鏡に白衣という、いかにもな理系女子のいでたちであった。

髪は首の後ろでひとつに結び、頰にも唇にも化粧気はない。見たところ眉毛すら整えていないようで、自前の立派な眉がきりりと生えそろっていた。

「そこにいる泉水ちゃ――いえ、黒沼泉水くんに話を」

咳払いして珠青が言いなおす。

部長は苦笑した。

「泉水ちゃんでいいよ。どうせオカ研でもそう呼ばれてるんだから」

「というか、あなたがそう呼ぶせいで農学部のほうにまで広まったんじゃないの」

と眼鏡の奥から上目づかいに見やる珠青に、部長が慌てて手を振る。

「いやいや、親戚なんだから、ぼくがちゃん付けで呼ぶのはふつうでしょ。こっちとしちゃ、べつだん広める気なんてなかったよ」

と弁解してから、彼は背後の従弟をうかがうように振りかえった。

「ヤだった？」

「あ？　なにがだ」泉水が訊きかえした。

「泉水ちゃんって呼ばれるの」

「いやべつに」

「いいわね。従兄弟同士、仲がよくて」

と珠青が笑い、

「……わたしは駄目だったわ」と苦い声音でつぶやいた。

数秒、目線が床に落ちる。しかしすぐに気を取りなおしたらしく、部長へ向かってまっすぐ首をもたげる。

「わたしの伯父である、内藤道久のことはご存じよね？」

「もちろん。内藤道久教授といえば国内の認知神経学を牽引する、アジアでも五指に入るだろう偉大なる科学者で、一昨年の本田賞では——あ、ちょっと待って」

　部長はいったん会話を打ち切った。

「もしかして興味ない人や他分野専攻の人にとっては、女史のバックグラウンドについて説明が必要かな。あのね、八神くんたち」

　と、かたわらでぼけっとしている森司、鈴木、こよみを順ぐりに眺めやる。

「あらためて紹介するね。こちらの内藤珠青女史の伯父さんは、さっきも言ったとおり高名な認知神経学の大先生。さらに女史のお父さんは発生生物学の権威である、内藤友（とも）則（のり）教授。そのほか叔父（おじ）さんもお祖父（じい）さんも、みーんな偉い学者先生。いわゆる学者一族。そして『一族の中でも、はえぬきの神童』と言われて育ったのが、いまここにおわす内藤女史ってわけ」

「やめてよ、もう」

　珠青が呆（あき）れ声を出した。

「いやほんとのことだろ」と泉水。

「ほんとか嘘かを問題にしてるんじゃないの。……もういいわ。あなたたち二人にかかると、なんでも従兄弟漫才のネタにされちゃう。話を戻させてくれない？」

「そうだった。呪いと呪い返しについてだったね」

　部長が目を細めて指を組んだ。

「で、内藤女史はどんなふうに呪いの影響を受けてるの？」

「影響というか、現象はすでに話したとおりよ。ある朝起きたら花瓶に挿した花も、べ

ランダ栽培の花も、ひとつ残らず落ちていた。散るんじゃなくて、盛りに咲いた姿のま
ま、首ごと落ちていたの。——まるで、椿みたいにね」
「ほう、椿みたいに」
部長が相槌を打つ。
珠青はうなずいて、
「ええ。さらに翌週には、アパートのまわりに咲いていた花もすべて地面に落ちていた
わ。色とりどりの満開にひらいたまま、誇張なしに〝すべて〟よ。薔薇も、あやめも、
小手毬も、スターチスのようなちいさい花まで全部。おまけにどの花にも、鋏か刃物で
裁ち切ったような痕跡はなかった」
「なるほど。面白い」
部長は言った。
「ちなみにそれが呪いだとして、女史は身に覚えはあるの？」
「あると言えばあるわ。正確には身にじゃなくて、椿にね」
珠青は眼鏡をはずし、ゆっくりとレンズを拭いた。
顔をあげる。
「ここで、話を伯父に戻すわね。ぐだぐだ話を引き延ばすのは嫌いだから、単刀直入に
言うわ。——わたし去年、恋人を三歳違いの従妹に寝取られたの。それが道久伯父の娘
というわけよ。名前は美紅。内藤美紅」

文句がある？　と言いたげに、珠青は一同を裸眼でぐるりと睨めまわした。

一瞬視線が合い、森司は思わずそらしてしまった。この手の話題は苦手だ。

恋愛がらみの悶着というだけでも敷居が高いというのに、浮気だ破談だ寝取られだとなると、世界が違いすぎて口出しなどできない。自分のような若輩者には、同情の意を示すことすら至難の業である。気づけば隣の鈴木も、同じくやり場のない目線を天井あたりへと泳がせていた。

とくに反論がないことを見てとったか、珠青がふっと息を吐く。そこへ泉水が無遠慮すれすれの口調で問うた。

「事情はわかった。で、その従妹と椿と、いったいどういう関係があるんだ？」

珠青は即答した。

「元恋人の故郷は、有名な椿の名所なのよ」

眼鏡をかけなおし、言葉を継ぐ。

「そしていま美紅は、朋彦さん——わたしの元恋人を追って、いっしょにその故郷にいるの。向こうで暮らしはじめて、もう半年近くになるはずよ。こんな非現実的なことがわたしの身に起こるとなれば、それは恨みがゆえとしか考えられないでしょ。そしてわたしを恨む相手といえば、従妹の美紅以外に心あたりなんてない」

一片のよどみもなく言い切り、珠青はコーヒーを飲みほした。

いつもなら間髪を容れずおかわりを注ぎに行くこよみが、気圧されたように座りこん

でいる。しかし部長は珠青の語気を意にも介さず、

「んー、その説明じゃよくわかんないなあ。なんで恋人を奪った側の従妹が内藤女史を呪うのさ？　そこはふつう逆じゃない？」

と、いたっていつもの口調で尋ねた。

珠青がかぶりを振る。

「残念ながら、そのあたりの理屈がわかったら苦労しないわ。とにかく美紅は昔からわたしのことを嫌っていて、都合の悪いことはすべてこちらへ押しつけてきたのよ。美紅の成績が下から数えたほうが早いのも、友達ができないのもわたしのせい。欲しい服を買ってもらえなかったのもわたしのせい。果ては学校のクラス替えや、テストの結果さえ『珠青お姉ちゃんのせいよ。お姉ちゃんの差しがねでしょ』。……申しわけないけど、付きあっていられなかったわ」

「要するに、ええと……ストレスのはけ口にされてた、ってことですか？」

慎重に森司が訊く。

珠青は首をかしげて、

「というより、見くだされていた、と言うほうが正確かしらね。なにしろ美紅は自他ともに認める美少女だったの。こんなわたしと対照的にね」

と、自分の顔を指さしてみせた。

「美紅の母親、つまり道久伯父の奥さんも有名な美人だった。くわしい肩書きは忘れた

けれど、ミスなんとかって経歴を二つ三つ持っていたはずよ」

「ああ、ぼくも見たことあるな。内藤先生の奥様」

部長が首肯した。

「確か先生より十五歳以上年下だったような。先生がコメンテータとしてメディアに出はじめた頃、なにかの撮影で知り合って結婚したとか聞いたけど」

「よくご存じで。そうよ、伯母は評判どおりの典型的なトロフィーワイフ。そして美紅は、その母親そっくりの美人に生まれ育った」

皮肉な口調で珠青は言った。

「こんなふうに言うと、ひがみたっぷりに聞こえるわよね？　でもいいわ。わたし、実際ひがんでるもの。マイナスの感情を押し殺しても無用な雑念が増えるだけだから、ふだんから包み隠さず積極的に口に出すことにしているの」

「いやあ、ぼくは女史のそういうとこ好きだよ」

黒沼部長は苦笑した。

「とくに後半の『マイナスの感情云々』からの本音がすばらしい。なかなか言えることじゃないよね。ただ付けくわえて言うなら、ぼくはけっして女史の容姿についてどうこう思ったことはないし……」

「つづきはいいわ。お気を遣わず」

珠青はぴしゃりと言って、

「ともかく、美紅がわたしを馬鹿にしていたのは確かよ。あの子は自分が美しいと自覚しはじめた頃から、なにかにつけわたしをせせら笑うようになった。そして二言目には『珠青お姉ちゃんのせい』、『ブスのくせに』と連呼したの。あの子が中学生になって、雑誌でちやほやされるようになってからは、よけい拍車がかかったわ」

「雑誌でですか」

　森司が訊きかえす。珠青が顎に指をあてて、

「えーと、俗に言う『読者モデル』ってやつ？　よく知らないけど、専属モデル顔負けの人気があったみたいよ。結局そのせいで高校にも行かず、芸能人まがいの活動にのめりこむことになって……。そういえば写真集まで出したのよ。ただしティーン雑誌の読者が買うような内容じゃなく、半分はきわどい水着で、半分は下着一枚の写真集」

　と顔をしかめる。

「わかったわかった。それ以上言わなくていい」

　手を振って泉水が封じた。

「で、その従妹はいま、その朋彦さんとやらといっしょにいるはずなんだよな？　まだ結婚はしてないのか」

「してないはずよ。すくなくとも結婚式の招待状はもらっていない。ひそかに入籍しているなら別だけど、美紅のことだから、結婚となったらきっと大々的に自慢するはずでしょうしね」

「自慢したくなるような相手なのか」

「まあね。朋彦さんの生家は由緒正しい豪農だから、結婚となればいわゆる玉の輿よ。美紅にしてみたら、わたしごときが玉の輿だなんて我慢できなかったんでしょう」

「でも内藤一家だって、日本有数の名家じゃないか」

部長が言った。

しかし珠青は首を振って、

「駄目駄目。うちにはお金なんてないもの。学者一族だなんてもてはやされてはいるけど、生活ぶりはつましいものよ。それでも満足な研究さえできればいいけれど、黒沼さんも知ってのとおり、国からの研究費補助金は渋くなる一方だしね」

「まあ、出すとこにはどばっと出すらしい、とは聞いてるけどね。でもそんなのごく一部の分野だからなあ。たいていの学者は研究費の申請に苦労して汲々としてる。そっか、かの内藤一族ですらお金にわずらわされてるのかぁ。なんとも世知辛い事実だね」

身につまされたように部長は声を落とした。

泉水が口を挟む。

「研究費についての愚痴は、きりがないからそのへんでやめとけ。――つまりその従妹は〝名より実〟タイプってことでいいんだよな？　内藤家の名声より、モデルとしてちやほやされたり、玉の輿にのるのが大事ってわけだ」

「でもそれほどの学者一家なら、従妹さんが高校へ進学しなかったことを、お父さんは叱ったりしなかったんですか」

　森司が問う。

　珠青は首をすくめた。

「道久伯父は、美紅のことはもう諦めていたみたい。ここ数年は伯母との仲も冷えきっていたしね。家を出るときも叱りはしたけれど、とくに引き止めなかったみたいよ」

「ところでその豪農の彼と、内藤女史はいつどうやって知り合ったの？」

　部長の質問に、珠青はカップを手の中でもてあそんで、

「……旅行中に出会ったのよ」

　と答えた。

「三年前の秋に、帰省してきた友人と角田浜の『判官舟かくし』を観に行ったの」

「ああ、源義経が兄の頼朝から逃げてる最中、舟ごと洞窟に隠れて追手をやり過ごしたって言われる場所ね。とはいえ八百年は前の話だし、義経伝説は眉つばが多いからあてになんないけどねえ」

　と部長が相槌を打つ。

「そうなのよ。まさに友人は『史実と俗説の人物像が乖離している英雄』について研究していてね。義経って、日本史ではその最たる人物でしょう。とにかくあの洞窟を観に行って――わたしは、朋彦さんと出会ったの」

　珠青は吐息をついた。

「彼が住む土地は義経ゆかりの場所でもあって、その関係で訪れていたらしいわ。いまは違う町名になっているけれど、旧地名は〝椿の里〟と言ったそうでね。わたしはほら、植物病理学を研究しているでしょう。椿の名所ならぜひとも見てみたいとお願いして、そこから親しくなったというわけ」

「三年前ということは、二年近く交際したんだね。ちなみにその朋彦さんは、年齢はおいくつ？」

「二十九歳。こんな言葉は好きじゃないけど、男性にとっても三十前後って結婚適齢期よね」

彼女は肩をすくめ、

「朋彦さんは、わたしとの結婚を迷っていたわ。でも美紅とは速攻で婚約しちゃった。さすがにそのときばかりはむなしかったわよ。どんなに交際実績を積もうと、研究分野で認められようと、しょせん女は顔なのね、って」

と自嘲するように笑った。

——そんなに自虐的な言いかたすること、ないと思うけどなあ。

森司は胸中でひっそりつぶやいた。

確かに珠青は目を瞠るような美人ではない。服装と化粧気のなさで、色っぽさからもほど遠い。

だが、けっして卑下するほどの容貌ではなかった。才女すぎて近寄りがたいと思う男はいても、積極的に避けたいとまで思う男はいないはずだ。

しかし部長はとくにコメントせず頬杖をついて、

「ま、だいたいのいきさつはわかったよ。とにかく女史としては〝呪いの主〟がその美紅さんだと確信してるんだね」

と言った。

「それで、女史の望みはなんなのかな。仮に美紅さんを呪い返すとしても、まさか危害を加えたいってわけじゃないんでしょ？」

「ええ。わたしの望みは……そうね」

彼女は眉根を寄せた。

「たぶん美紅はいま、なんらかの逆境にあるんだと思うの。それが恋愛がらみのトラブルなのか、朋彦さんと関係あることなのか、それともまったく別のことなのかまでは知らないわ。でもあの子は昔から、なんであれ気に食わないことがあるとわたしに八つ当たりしてきた。きっと今回もそうやって、やり場のない怒りをこっちにぶつけてきたんだと思うのよ」

前髪を払い、毅然と彼女は言った。

「しいて言えばわたしの望みは、この歪んだ関係を断ち切ること。いいかげんあの子のストレス解消の道具にされるのは、うんざりだわ」

「ふうむ。つまり思い知らせたいとかやりかえしたいっていうんじゃなく、縁切りの方向で行きたいってことだね？」

「ええ。あの子から向けられる、感情のすべてをシャットアウトしてしまいたい。呪いだろうとなんだろうと、受けとらずにはね返してやりたいの。でも残念ながらやりかたを知らないから——どうか黒沼さん、レクチャーをお願いできないかしら？」

3

リサイクルショップから二百円で買ったご飯茶碗に炊きたてのご飯をよそい、同じく百円で買った汁椀に豚汁を注いで、森司はテーブルに着いた。

「いただきます」

掌を合わせてから、七時のニュースを眺めつつ彼は夕餉の膳に箸をつけた。

あれから森司はすっかり炊き込みご飯にはまってしまった。

ちなみに本日の具材は、ツナと人参である。ピーラーでスライスした人参とツナ缶を投入し、醤油、酒、味醂で味をととのえ、あとはひたすら炊くだけだ。

くだんのリサイクルショップには二千円で炊飯器も売っていたのだが、迷った末にやめた。

ひとつにはネットで、「安い炊飯器は買うだけ無駄。値段の差が味の差に直結する」という書き込みを読んだのと、もうひとつは土鍋でご飯を炊く過程が楽しくなってしまったからだ。言いかたはよくないかもしれないが、理科の実験のようで毎回心が浮きたつ。

保温できないのが難点といえば難点だが、冷凍庫に保存しておいて、その都度レンジであたためれば丸二日はもつ。それでも余ったときは、アパートの先輩たちにおすそわけするという手があった。

この先輩たちはけっして食べ物を断らず、またけっしてお世辞を言わないという美点を持っていた。味見役ならぬ、毒見役である。いずれこよみちゃんを呼んで手料理を食べてもらうという野望の前には、欠かすことのできぬ存在であった。

「八神、ひとつアドバイスしていいか。悪いことは言わん、これから夏に向けて、茸ご飯だけはやめておけ」

先日タッパーを返しに来てくれた上階の先輩は、なぜか声をひそめてそう言った。

「茸は足が速い。最悪、翌日にはすでに糸をひいている」

「……さすが粘菌ですね」

森司は相槌を打った。先輩は首肯して、

「そうなんだ。とくに炊飯器に入れっぱなしがよくない。おれの先輩から聞いた話では夜炊いて、保温を切って、翌朝にまた開けた時点で取りかえしのつかないことになっていたそうだ。先輩はただちに蓋を閉め、すべてをなかったことにして、その炊飯器を卒業するまで封印しつづけたという」

「恐ろしい話はやめてください」

森司は思わず反駁した。

「こよみちゃ――じゃなかった、人を呼ぶ気が――でもなくて、今後も料理する気力がそがれるじゃないですか」

「こよみちゃん？」

耳敏く、先輩の肩がぴくりと動いた。

「八神、それはもしかして、灘さんのことか。灘こよみさんか。おまえまさか、あの御方を、この小汚いアパートに連れ込もうというつもりじゃないだろうな」

「いえそんな」

詰め寄られ、森司は激しくかぶりを振った。

「めっそうもない。こ、こんな小汚い部屋に彼女を招待できるわけがないじゃないですか。常識で考えてくださいよ。は、ははは」

「ならよし」

かわいた笑いをあげる森司に、先輩が重おもしくうなずいた。

「いいか八神、身分不相応なだいそれたことを考えるんじゃないぞ。万が一おまえが邪気を起こし、灘さんに『あらやだ、こんな小汚い部屋に住んでいるのね』と思われたなら、同じアパートに住んでいるわれわれのイメージまでダウンしてしまう。『ということはきっと、上階の先輩たちも小汚いんだわ』などと、あの美少女に幻滅されたらどうしてくれる」

いや、灘は先輩たちになんのイメージも抱いていないと思いますが——と言い返したいのを森司はこらえた。はいはいとおとなしくうなずいて先輩を追い出し、なんとか扉を閉めたのが、つい三日前のことだ。

——まったく先輩といい親父といい、自意識過剰なんじゃないのか。

父から電話があったのは一昨日の夜である。こよみを実家に連れていってからというもの、やたらと両親からの電話が増えた。いままでは放置もいいところだったのが、

「灘さんは元気か」

「次はいつ来る予定か」

と頻繁に探りを入れてくるようになった。

「とにかく近日中にそっちへ行く予定はないから」と森司が言っても愚図愚図と通話を引き伸ばし、

「いやおまえは女の子の気持ちに疎いというか、鈍いところがあるからなあ。心配なんだ。ほら中学生のときも、いっしょに帰るようになった女の子にすぐふられただろう。あの子はどう見ても引きとめられたがっていたのに、おまえときたら『そうなの？　うんわかった』だなんてあっさりうなずいて。どうせあの頃からろくに進歩してやしないんだろう。おまえがそんなんだから、親であるこっちまで心労が——」

さすがに付きあっていられず、

「もう切るよ」と宣言して切った。

しかし先輩も親父も、なぜ「灘さんに悪く思われたくない」という思いを、おれを介してどうにかしようとするのだろうか。勘弁してほしい。おれは自分のことで手いっぱいなのだ。はっきり言って、こよみちゃんに世界一よく思われたがっているのは、ほかの誰でもなくこのおれだ。

「もしこよみちゃんをここに呼べる日が来るとしても、なんとかして先輩たちには隠しとおさないとな……」

豚汁を啜りつつ、森司はひとりごちた。

それにしても美味い。豚汁とカレーは誰がつくっても失敗しない料理と言われるだけあって、簡単で間違いなく美味い。野菜屑と特売の豚バラと、出汁入り味噌さえあればできるのだから最高だ。

「また料理の腕があがってしまった。これはもう、本格的に『ご招待用メニュー』を組みたてはじめたほうがいいのでは……コース料理ってどんなんだっけ、確か前菜とスープとサラダ……スープは豚汁でもいいのだろうか……」

とくだらぬことをつぶやいていると、携帯電話が鳴った。

見れば、鈴木からのＬＩＮＥだ。「いま電話していいですか」。森司は右手で箸を扱いながら、行儀悪く片手で返事を打った。

「ごめん食事中。食べおわったら折りかえす」

きっちり五分後、森司は箸を置いて鈴木の番号へとかけなおした。すぐに鈴木が応答してくる。

「八神さんですか？　すんません、夕飯どきに」

「いやいいよ、それよりどうした？」

「明日みんなで、椿の里とかいう場所に行くと決まったやないですか。平日やから藍さんは仕事で来られないそうなんですが、ご伝言が」

とそこで鈴木は声を低めて、

「灘さん、最近元気がないそうなんですよ」

「え？」

森司の声も思わず低くなった。携帯電話を握りなおし、食いつくように訊く。

「な、なんでだ？　べつにおれ、最近はなにもしてないぞ。会えばちゃんと話すし、不快な話題だってとくに出した覚えは」

「落ち着いてください。誰も八神さんのせいやとは言うてません」

鈴木は軽くいなして、

「というかおれも全然気づけへんかったし、灘さんとしてはできるだけいつもどおりにふるまってたんでしょう。けど藍さんが言うには、どうもここんとこ落ちこんでるようやと」

「そうなのか……」

森司は愕然とした。

ついさっき思い出した父親の、「おまえは鈍い」の台詞が脳内でこだまする。どうやら確かにおれは鈍いらしい。浮かれていた気分が、一気に急降下する。

しかし落ちこむ暇など与えないと言いたげに、鈴木が間髪を容れず声を継いできた。

「で、その情報を受けてですね。部長が藍さんと話しあいまして、その結果おれらに指令が下りました」

「指令？」

「はい。以上を踏まえましてよう聞いてください。『反論は認めない』と、これも藍さんからのご伝言です。明日の道行きは、まず八神さんは朝十時に駅へ――……」

つづく鈴木の言葉を、森司は正座したまま粛々と聞いた。

4

平日午前九時半の駅は通勤ラッシュも終わり、行き交う人の流れはスムーズだった。

その中で森司は滅多に着けない腕時計を覗きこみ、

――十時に待ちあわせなのに、気が急いて三十分も前に着いてしまった。

と自嘲しながら、中央口の柱にもたれて立っていた。

待ち合わせの相手とは、灘こよみその人である。本日、藍は仕事で不在。泉水と部長

は研究室の都合があり、鈴木はバイトのシフトが入っているということで、

「各々出発して、現地集合のほうが手っ取り早いよ」

と部長が主張したのだ。

だがそれは建前に過ぎなかった。

「八神くんとこよみちゃんだけ、二人きりの別ルートにしてあげる。だからちゃんとあの子を元気づけてあげなさい」

という先輩たちの粋なはからいによるものであった。

そうまでされては気持ちに応えるほかない。と、つい気持ちがはやって三十分も前にアパートを出てしまったわけだが、目当ての電車は十時十二分発であり、早く着いたところでなんの益もない。

――南口のジュンク堂はちょっと遠いし、土産物屋でも見てまわるかな。

なにしろ地元民なので特産物にそそられることはない。だが、時間つぶしくらいにはなる。ぶらぶら一周して、構内のドラッグストアでお茶でも買って戻ればちょうどいいはずだ。

駅から電車で約四十分、さらにバスで三十分の道行きである。途中で喉だって渇くだろう。こういったさりげない気遣いが彼女を元気づけ、その上おれの印象もあがる――ような気がする。

さて、と歩きはじめたところで、

「あのう、すみませんけど」

と、かぼそい声に呼び止められた。

振り向くと、七十代後半から八十代とおぼしき老婦人が、片手に地元銘店『加島屋』の紙袋、片手に地図らしき紙を持って目をしょぼしょぼさせていた。

「この地図に描いてあるこの店なんだども、こっからどう行ったらいいんですかねえ」

「あ、はい。ええと」

雑誌をそのまま切り取ったらしい地図を覗きこんで、森司は眉根を寄せた。

確かにわかりにくい地図だ。だがかろうじて知っている店だった。森司はガラス越しに見える表通りを指さして、

「まずそこの道をですね、まっすぐ行って、あの証券会社の看板見えます？　うんそう、あそこを右折。それから二番目の信号を……」

「看板？　あすこの赤い看板かね？」

「いえ、その手前の証券会社の。で、そこを右に曲がって行って、二番目の信号を左。あ、そうだ。書いときゃいいんだな。ちょっと待ってください。えーと、ペン持ってきたっけな……」

「赤い看板を右に曲がるんかね」

「いや紺の看板。紺に白字の看板を右折です。ああペンないや。待ってて、駅員さんに借りてきますんで。いやついてこなくていいです。借りて戻るから……」

その後もたっぷり道案内に付きあわされたのち、ようやく老婦人は駅を離れていってくれた。森司はほっと一息つき、何の気なしに腕時計を覗きこんで――蒼白になった。

時計の針は、十時八分を指していた。

大急ぎで改札口へ戻る。すると、すでに自動改札をくぐったらしいこよみが、こちらへ向かって手を振りながら飛び跳ねていた。

あらかじめ切符を買っていてよかった、と三十分前の自分に感謝しつつ改札を通った。ようやくこよみと無事合流する。彼女が安堵した顔つきで、

「よかったです、間に合って」

「ごめん！　ほんとごめん。あの、そこで道を聞かれちゃって」

「ですよね。ここから見えてました。すみません、わたしも改札をくぐってから気がついたので、なにもお手伝いできなくて」

「いやそんな、灘が謝るようなことじゃないから」

と額の汗を拭く森司に、こよみが電光掲示板を指してうながした。

「それより行きましょう。四番線です。あと三分しかありません」

「ああそっか。ごめん、行こう」

階段を駆けおり、またのぼり、なんとか十二分発の鈍行電車にすべりこんだ。扉の閉まる音を背に、二人で長い息を吐く。

「……ごめんな。こないだみたいに実家の車が借りられたらよかったんだけど、今日は

親父も出勤だから……」

「いえ」

電車内はがらがらと形容していいほどに空いていた。

とりあえずロングシートの端へ、二人並んで腰かける。森司は思わず再度の吐息をついた。その眼前へ、お茶のペットボトルが差しだされる。

「よかったら、どうぞ」

「あ！　お茶！」森司は叫んだ。

こよみが目をまるくする。途端に森司ははっとわれにかえり、

「ああいや、おれも買おうと思ってたんだ。なのに忘れてたから。道聞かれて、全部吹っ飛んじゃって。お、大っきい声出してごめん」

と何度目かの謝罪を繰りかえした。

こよみの手から緑茶のペットボトルを受けとり、蓋を開けるのももどかしく口をつける。気づかぬうちに喉が渇いていたようで、一気に半分近くを飲みほしてしまった。

各駅停車の鈍行列車は、田舎にありがちなワンマン運転で、扉には手動の開閉ボタンが付いていた。

とはいえこのボタンがある車両はまだいいほうである。クロスシートタイプの古い車両となると、雪の降る間は『ドアが半自動の際は手で開けてください』の指示に従って、

正真正銘の手動で開け閉めせねばならない。

　窓の外は、どこまでもつづく田園風景であった。

　田植えが終わってすぐのこの季節は、風にそよぐ苗の緑が目にやさしい。遠くの畦道を走る車が田圃の水面に映りこみ、上下シンメトリーな像を描いている。

「なんでか知らないけど、おれって昔からよく道を訊かれるんだよな」

　森司はつぶやいた。こよみが応えて、

「親切そうに見えるんですよ。もしくは、道をよく知っていそうだとか」

「どうなんだろう。でも本音を言うと、道案内ってあんまり得意じゃないんだよ。おれ説明下手だし、あれからあの人ちゃんとたどりつけたのかなーって、いつまでも気になって一日中ぐじぐじ考えちゃうし」

　緑茶をまた一口飲んで、森司はこよみを見た。

「灘は？　そういうことないか」

「わたし、そういえば道を訊かれた経験ってないかもしれません」

　こよみが眉間に深い縦皺を寄せて言った。

「もしかしたら怖がられているのかも……。母に『歩くのが速すぎる』とよく叱られるんです。おまえは脇目もふらず、猛スピードで歩いているから周囲が危ない、って」

「あー……うん、そうだな。灘は歩くの速いよな」

　森司は明言を避け、あいまいに相槌を打つだけにとどめておいた。

向かった窓から見える田園を眺めながら、二人はその後ものんびりゆったりと会話を交わした。

「泉水さんが女性にまで、ちゃん付けで呼ばれてるのは意外だったな」

「そうですか？　でも泉水さん、そういうの全然気にしない人ですよ」

だの、

「鈴木がパン工場でバイトリーダーに抜擢されそうなんだけど、『責任ある役職は勘弁してください。胃が痛くなるんで』と断っているらしい」

だのという雑談を交わすうち、駅名票がいくつも車窓を流れていく。

何駅目かで扉がひらき、また閉じて、ゆるい振動とともに電車が動きだした頃、

「そういえば、灘――、最近なにか、か、変わったことでもあった？」

と森司は、われながら不自然な言いまわしで切りだした。

こよみが怪訝そうに問いかえす。

「変わったこと、ですか」

「いやその、変わったことというか、困ったことはないかなーと。なかったらいいんだけどさ。いいんだけど。でももし、もし万が一にもなにかあるとしたら、おれにも教えてほしいかなって……」

語尾のあたりで思わず森司は目線をそらした。視界の端に、こよみが大きな目を瞬いているのが映る。

　彼女は数秒の沈黙ののち、

「あ、ええと、……三年になって、本格的にゼミが始動したじゃないですか」

　と言った。

「だから、いままでと勝手が違うというか、ちょっと気疲れしちゃって。そういうのは、あるかもしれません」

「そっか」

　森司はうなずき、ひそかに胸を撫でおろした。

　そうかゼミか。それなら話はわかる。彼自身、講義が専門的になった途端、まわりのやつらが皆自分より優秀に見えはじめて焦ったことは一度や二度ではない。

　こよみがペットボトルのキャップを閉めながら、

「先輩は税務会計学のゼミですよね？」

「うん。簿記検定の指導もしてもらえるし、資格取得に繋がりやすいっていうから、結局移動しなかった。灘は、社会教育学だっけ？」

「はい」

　こよみは微笑んだ。

「覚えててくれたんですね」

　その表情にどくり、と森司の鼓動が跳ねる。一瞬にして頭皮から汗が噴きだす。

「いやそんな、あの、べつに」

急に火照った顔をごまかそうと、首ごとそむけると同時に列車が停まった。扉がひらき、なにかの団体らしいご老人方がどやどやと乗りこんでくる。

「あ、すみません先輩、ちょっと詰めますね」

「へっ？　う、うん」

老人たちが座れるスペースを確保するため、こよみが彼のほうへ身を寄せてきた。肩と肩が触れる。体温が伝わってくる。身長差ゆえ、森司の鼻先にこよみの髪が近づく。ふわりといい匂いがかすめる。

――なんということだ。

森司は思わず内心で拳(こぶし)を握った。

電車がこんなに素晴らしい乗り物だったとは知らなかった。そういえば高校時代は自転車通学だったし、大学では独り暮らしをはじめたせいで、いままで電車はけして馴染(なじ)み深い乗り物ではなかった。好きか嫌いかすら考えたことがなかった。だがこれは認識をあらためねばなるまい。いまおれは声を大にして言いたい。電車最高。

「もうすこし混んできたら、立ちましょうね」

こよみが言う。

「うん、そ、そうしよう」

森司はがくがくとうなずいた。しかし車両はそれ以上混むことはなかった。次の駅で停車したあとも、そのまた次の駅を過ぎても、乗車率はせいぜい八十パーセントといったところであった。

「あの、灘」

森司が声をかける。その声音に、こよみは怪訝そうな顔をした。

「はい？」

「ほんとうに、なにかあったら言ってくれよな」

こよみがかすかに息を呑んだのがわかった。

「……はい。ありがとうございます」

長い睫毛がゆっくりと伏せられる。

「でも、大丈夫です。そんな大げさなことじゃありませんし、先輩にご迷惑をかけるようなことでも」

「違うよ」

森司はさえぎった。

「おれが、きみの役に立ちたいんだ。だからいつでも頼ってほしい。なんでもするから
——じゃなくて、ああ違うな。なんて言ったらいいんだ」

と彼は髪を掻きむしってから、深呼吸し、体ごと彼女へ向きなおった。

「灘」

「はい」

「きみのためならおれは、なんだってしたいんだ。できるかどうかじゃなくて、したい。

いやしてみせる。だから灘、もっとおれに――」

そこではっと森司はわれにかえった。

車両内の四方八方から突き刺さる、無数の視線に気づいたせいだ。向かいのシートや隣のシートに座ったご老人たちが、一様ににやにやしながら身を乗りだして彼らを眺めている。それどころか隣の車両の乗客や、駅員までこちらをうかがっている。

真っ赤になって黙りこくってしまった森司に、

「やいや、えれぇ格好いいこと言うでねぇの。兄にゃさん」

「飴いるかね。ほれ、そっちの子も遠慮しねぇで」

「よう見たら、どっちもめんこい子だこと。みかん食べるかね?」

と老婦人たちが次々と座席から立ちあがり、肩を叩いたり、菓子や果物を手渡してくる。森司は同じく顔を赤くしたこよみとともに、

「す、すみません」

「ありがとうございます……」

とうつむいて、延々と菓子を受けとりつづけるほかなかった。

5

二人が部長たちと合流できたのは、やや遠くに灯台が望める『ここより一キロ先、椿

の里』という看板の前であった。ネット入りのみかんを片手にぶら下げた森司に、部長が首をかしげる。

「あれ八神くん、駅でみかん買ったの？」

「いや、ええと……あとでみんなで食べましょう」

いきさつを説明する気にならず、森司は適当にごまかした。

「えー、ところでこの椿の里って、要するに広大な椿畑があるってことなんですか？　いや椿園と言えばいいのかな。いわゆる観光名所的な？」

「違うみたい。一応ネットで調べてみたんだけど、この里の椿園は観光どうこうじゃなく、全部個人の持ちものなんだってさ」

部長が看板の向こうを指さして言う。

「つまりそこいら一帯がすべて、鐘ヶ江家の所有する土地なんだ。ちなみに内藤女史の元恋人のフルネームは、鐘ヶ江朋彦さんね」

「で、その朋彦さんと女史の従妹である美紅さんがいま、いっしょに暮らしてるんですよね。でもいきなり行って、会ってもらえるでしょうか」

「大丈夫、アポをとってある」

自信満々に部長はうなずいた。

「女史の情報によると朋彦さんは、この里にある『常海神社』の宮司でもあるらしいんだ。なんでもその神社には代々のご神宝として〝人魚の木乃伊〟がおさめられているそうでね、雪大オカルト研究会広報部の名で、ちゃんと木乃伊の取材許可をもらっておいたよ」

地図アプリの働きによって十五分後に到着した常海神社は、白木の鳥居に簡素な檜皮葺きの社殿のみと、いたって小体であった。

「ああ、電話をくださった大学の皆さんですね、こちらへどうぞ」

と社務所へ案内してくれた男は、

「宮司の鐘ヶ江と申します」

と、いともあっさり名乗った。

中肉中背でとくに目立ったところはないが、人なつこそうな童顔と白い歯が爽やかである。笑うと糸のように細くなる目にも愛嬌があった。

色恋で修羅場を起こしそうなタイプには見えないが、これればかりは見た目じゃわからないか、と森司は思わず柄にもないことを考えた。

「では、さっそくですが、例の木乃伊を拝見してもよろしいでしょうか」

部長が満面に喜色をたたえて尋ねる。

彼にしたらまさに趣味と実益を兼ねての訪問らしいが、本来の目的を忘れないでいてほしい——と森司が考えていると、どうやら同じ思いらしい泉水が、ごく軽く部長の背中を小突いた。

わかってるよ、と言いたげに部長は従弟を横目で見て、

「県内では柏崎市の妙智寺にも、同じく人魚の木乃伊が所蔵されていますよね。あちらは有名ですが、こんな近くにもあったとは、寡聞にもつい最近まで存じあげませんで」

「とくに公表しているわけではありませんからね。それに人魚や天狗のミイラは全国各地に残っていて、さほど珍しいものとは言えません」

鐘ヶ江朋彦は苦笑し、脇にひかえた助手らしき老爺が差しだす白木の箱を受けとった。

箱の蓋がひらく。

咄嗟に森司は肩へ力を入れ、思いきり薄目になった。

木乃伊はじつに醜悪なしろものだった。

アンデルセンの美しい人魚姫のイメージとは似ても似つかない。乾いて縮こまった両腕を折り曲げ、悲鳴をあげるように口と目をひらいていた。

口腔内には小粒だが牙が生えそろっており、五本の指には鉤爪がそなわっていた。腰から下は確かに魚で、天日に干しすぎた干物を思わせる。頭頂部に残った毛はすべて白髪で、肩に垂れかかるほど長い。

「どうです。人魚の木乃伊としては、わりにオーソドックスでしょう」

朋彦が苦笑いで言った。

遠慮なく部長が同意して、

「そうですね。人魚系としては八戸市博物館所蔵の双頭の人魚、はたまた博多の龍宮寺

にある人魚の骨あたりがいわゆるレアものってやつです。それらに比べるとこちらのご神宝は、失礼ながらポーズといい表情といい、さほど珍しいとは言えない――でも」

　ふと目をすがめた。

「細工物だとしたら、とても丁寧な細工です。継ぎ目がほとんど見あたらない。たいていの人魚の木乃伊は猿と鯉を継いだものなので、境目らへんがどうにも不自然なんですよ。うん、これはその点、よくできてる。髪が長いまま残っているのもポイント高いですね。多くの人魚の木乃伊は禿頭(とくとう)ですから」

「おくわしいんですね」

　朋彦が苦笑した。

　部長はかたわらにひかえた老爺を見て、

「失礼ですが、箱書きを見せていただいてもよろしいですか」

　男がちらと朋彦をうかがう。朋彦は「政市(まさいち)」と老爺へうなずき、白木の蓋を渡すよう顎(あご)でうながした。部長がうやうやしく受けとる。

「ありがとうございます。……と言ったはいいけど、うーん、こりゃあ達筆すぎるし、墨が薄れてて読めないな」

　部長は眼鏡をはずし、またかけなおした。

「あ、このへん読めるかも。ええと、常陸(ひたち)、海……常海？　いや違うな。ああわかった、常陸坊海尊(ひたちぼうかいそん)か」

──常陸坊海尊。

日本史にはさほど明るくない森司でも、さすがにその名くらいは知っている。源義経の臣下として、武蔵坊弁慶の次あたりに有名な存在だ。そういえば内藤女史が「彼が住む土地は義経ゆかりの場所でもあって」と言っていた。

なるほど話はここへ繋がるのか、と森司がひそかに納得していると、部長がつと顔をあげ、

「なるほど。常陸坊海尊は人魚の肉を食べて不老不死になったと言い伝えられていますものね。このご神宝の関係で『判官舟かくし』へ行って、内藤女史と出会ったって流れでいいでしょうか。──鐘ヶ江朋彦さん」

ずばりと切りこんだ。

朋彦の頰から、目に見えて血の気が引いた。背後にひかえた政市という老人が、異変に気づいたのかこちらも顔色を変える。

部長が手を振って、

「いやあ、ぶしつけですみません。じつはここにいるぼくの従弟が、彼女と同じ農学部の院生でしてね。でも雪大生ってぼくが電話口で名乗った時点で、こうなるとちょっと覚悟はしてましたでしょう？」

と笑った。

朋彦の頰に朱がさし、見る間にふたたび血を失って白くなっていく。

ややあって、彼は呻くように言った。

「珠青さ――彼女は、元気ですか」

「気になるのか」

泉水が間髪を容れず問う。朋彦は顔を歪めた。

「……すみません。ぼくに、彼女を気づかう権利なんかないですね」

「女史はあなたのこともちろん、美紅さんを気にかけていましたよ」

部長が微笑を崩さず言った。

朋彦が目を見ひらく。

「美紅を？」

「ええ。ぼくらはお会いできますかね？　美紅さんと」

朋彦は数秒、青ざめた薄氷を顔に貼りつけたまま黙っていた。

やがて気を取りなおしたのか、手の甲で口のあたりを拭い、

「残念ながら、美紅はいま病気で臥せっておりまして。珠青さ――いえ、内藤さんにも、そうお伝えください」

と社務所の畳に両手を突き、頭をさげた。

しばしの間、誰も口をきかなかった。

朋彦は頭をさげつづけ、微動だにしない。その後ろでは政市が顔をそむけるようにして座り、森司たちは気まずい沈黙をもてあました。

「わかりました」

静寂を裂くように部長が言った。

「でもこのままとんぼ返りも寂しいですからね、ついでに椿園も見学していきたいと思ってるんです。ご足労かけますが朋彦さん、案内してもらえません？」

と彼は場にそぐわぬ明るい声で、

「鳥居の位置からして、きっと椿園も御神域にあたるんでしょう。もちろんぼくらは園を荒らしたりしませんが、よそ者が勝手にうろつくより、宮司さんに同行してもらえたほうがいろんな意味でいいかなぁって。それに内藤女史だって椿のことを気にかけていた。ぜひ、彼女のためにもお願いしますよ」

6

傾斜のきつい山道へ、石ではなく横木と杭でつくった階段をのぼった先に、鐘ヶ江家の椿園は在った。

「椿って冬の花だと思ってたんですけど、五月に咲く品種もあるんですね」

こよみが振りかえって言う。

朋彦が応じた。

「雪椿だの、寒椿とよく言いますからね。雪の最中に咲く花の色がやはり人々の印象に残るんでしょう。しかし実際は、真冬に咲くのは椿の中でも早咲きとされる品種です。昔は十二月から四月が椿の季節でしたが、現在は中国や台湾からの外来種も植えておりますので、ほぼ一年中なにかしらの椿が咲いていますよ」

「へえ」

相槌を打ちながら、それはありがたいような情緒がないような——と森司は思った。真夏の油照りの下で咲く椿というのは、やはりどこかイメージが違う。

園内は見渡す限り椿の木が生い茂り、その間を縫うようにして細い通路が蛇行しながらつづいていた。常緑樹らしい濃緑の葉と、花々の赤や白とのコントラストがあざやかである。

カーネーションとみまごうような八重咲きもあれば、南国の花のごとく大きくひらいた一重咲きもあった。しかしやはり盛りの時期は過ぎているようで、半数以上の木は花もつぼみも付けてはいなかった。

「あ、看板があった」

部長が足を止め、行き止まりに立ててあった看板を見あげる。

といっても観光用のわかりやすいものではない。手入れする作業員のためにだろう、各通路ごとに品種の名がずらずらと記してあった。凄まじい数だ。頭に「白」と付くだけでも、白玉絞、白侘助、白雪、白羽衣、白玉、白角倉、白花玉霞——と、眺めているだけで目がくらみそうであった。

部長が朋彦を肩越しに見て、

「椿は世界中で愛好されていて、その品種は四千種をくだらないそうですね。と、これはネットで仕入れた付け焼刃の知識ですけども。鐘ヶ江家のご先祖さまも、やはり椿がお好きだったんですか？」

「好きというか……」

朋彦はすこし言いよどんでから、

「さきほどの人魚の件でおわかりでしょうが、この里には常陸坊海尊の伝説が残っているんです」

と答えた。

「さっきの木乃伊(ミイラ)は、常陸坊海尊の遺品と伝えられております。つまりこの里へとどまり、この地で亡くなったという伝説ですね。そしてこの椿は海尊の魂を慰めるために、村人が植えたものと言われています」

「ほう、海尊が没した場所ですか。たいていの海尊伝説はふらっと立ち寄って源平(げんぺい)合戦について語っていくだけですからね。このバージョンは皆無とまではいかないが、なかなかに稀少(きしょう)なんじゃないですか」

と部長は声をあげてから、森司たちを振りかえった。

「不要かもしれないけど一応説明しとくね。常陸坊海尊というのは『源平盛衰記(げんぺいせいすいき)』『義経記(ぎけいき)』に登場する、源義経の家臣の名前。義経らとは運命をともにせず不老不死となり、源平の合戦を語って歩いたという伝説が全国津々浦々に残っているんだ。長寿の理由は枸杞の実をよく食べていたからだとか、人魚の肉を食べたからとされているね」

「な、本家の好きそうな話だろ？」

泉水が森司と鈴木に向かってうなずきかける。

「歴史上のエピソードというより、失礼ですが妖怪譚みたいですよね」と森司。

「まあ源義経自身も落ちのびてアイヌの頭領になっただの、モンゴルで成吉思汗になっただの、あやしげな伝説の多い人物ですから」

と朋彦が苦笑した。

「わたし、高木彬光の『成吉思汗の秘密』読みました」

挙手して言ったこよみに、部長が腕組みして、

「そうそう、高木先生はご自分も占いをやるからか、オカルトや神秘学を本気で信じてたんだよねえ。そのほか『ノストラダムス 大予言の秘密』や、『邪馬台国の秘密』なんてのも書いてるし」

と言った。

「ま、それはそうとして、意外にわが県は人魚とかかわりが深い場所かもしれないね。『赤いろうそくと人魚』を書いた小川未明は新潟出身だし、上越市にはそのモデルになったとも言われる人魚塚がある。海に面した県だからそうおかしくもないけどさ」

「その人魚塚と言うんは、つまり人魚のお墓ってことですか？　えーと、将門の首塚み

たいな」

と鈴木が問う。その声が妙に力ないのに森司は気づいた。

しかし彼が口をひらく前に部長が肩をすくめて、

「いや、確かこんな話だよ。『毎夜、常夜灯を頼りに、男のもとへ舟で通ってくる女がいた。しかし男は女と別れたくなり、ある夜、常夜灯を消しておいた。翌朝、海岸に女の死体が漂着し、これを見た男は自分の仕打ちを悔いて、海に身を投げて死んだ。村人は二人の死体をともに埋め、その上に塚を建てて人魚塚と呼んだ』――」

「……人魚が出てけぇへんのですが」

呆れたように鈴木が言った。

「ただの悲恋物語やないですか。しかも男のほうは自業自得やし」

「うん。海の泡めいてはかない女性のイメージを、人びとが人魚に見立てたというだけらしいね。それに比べたらこの里の、常陸坊海尊が木乃伊を持ちこんだという伝説はよっぽどそれらしい。やっぱり来てよかったよ、いい話を聞けた」

との部長の台詞に、

「それらしいだけに、人魚塚ほどの情緒もありませんがね」

と、やはり朋彦は苦笑を噛み殺すように応える。

その語尾へかぶせるようにして、

「――鈴木くん、大丈夫？」

突然、こよみが半身を乗りだすように尋ねた。

部長が目をしばたたく。

「ん？　どしたの、鈴木くん」

「あ、すみません。なんかこいつ、さっきからちょっと具合が悪いみたいで」

慌てて森司は割って入り、鈴木の右肩を支えた。

朋彦が数メートル後ろに立つ政市を確認してから、彼らに目を戻す。

「大丈夫ですか。うちの者に車を回して来させましょうか。社務所に戻って、すこし休みますか」

森司は鈴木の顔を覗きこんだ。

鈴木がかすかに首を振るのがわかった。森司は朋彦に向かって、

「いえ、結構です。あーっと、たぶん椿に酔ったっていうか、ここの空気が彼に合わなかっただけだと思うんで。椿園を離れれば、きっとじきによくなります。お気づかい、ありがとうございます」

と早口でまくしたてた。

下手な言いわけだったが、朋彦は「そうですか」とあっさり引きさがった。

その頰にははっきり安堵が浮かんでいた。それはそうだろう。招かれざる客がやっと帰ってくれるのだ、彼にしてみたら体のいい厄介払いである。

結局、政市にタクシーを呼んでもらうことで話はつき、朋彦とはこの場で別れること

となった。

「すんません。車酔いみたいに、黙ってるとよけい気分が悪なるかなと思って……しゃべらんほうがよかったですね」

「いやあ、それはないよ。具合が悪いのに我慢されるほうが困る」

タクシーが来るまでの間、園外の置き石に腰かけさせた鈴木の肩へ、いたわるように部長は手を置いた。

鈴木はこよみが渡したウェットティッシュで口もとを拭い、

「――怖い女が、いてたんです」

と声を落とすと、森司と泉水を順ぐりに見やった。

「お二人は、気づきませんでしたか」

「え？　あ、いや」

森司は戸惑った。

「正直言って、おれは全然。泉水さんは？」

「ちりっと感じた程度だ。静電気か、もしくは気のせいか？　くらいのもんだな。すくなくとも、吐きそうで立ってられなくなるほどのもんじゃなかった」

「そっか。鈴木くんは、その女と〝波長が合っちゃった〟んだね」

黒沼部長が気の毒そうに言った。

鈴木が弱々しく微笑む。

「八神さんと泉水さんとおれやったら、明らかにおれが一番、精神的に薄暗いですからね。前回の影絵の事件でも同じようなこと言いましたが、この手の女は苦手です。せやけど、どうにも波長が合う。……われながら、ほんまに難儀なたちですわ」

「あんまり無理してしゃべらなくていいぞ」

と森司は彼に「ぬるいけど、よかったら飲め」と緑茶のペットボトルを手渡した。

「その女の気配は、もうどっかへ行ったのか」

「朋彦さんらと一緒に、消えました。あの男にくっついてた思念のかけらが、おれたちが持ちこんだ内藤女史の気配に反応した、って感じと違いますかね」

「つまり、その〝女〟は美紅さんだったってこと?」

部長が問う。

鈴木はこめかみを指で押さえ、顔をしかめながらうなずいた。

「まず、間違いないと思います」

こよみが眉(まゆ)を曇らせて、

「じゃあ美紅さんはいまだに警戒しているんでしょうか。内藤さんが朋彦さんに近づくのを恐れて、病の床からも心配しつづけている……?」

「どうだろう。そもそも美紅さんがほんとうに病気かどうかもあやしいしね」

と部長はこめかみを掻(か)いた。

「ただひとつ言えるのは、人魚塚の悲恋物語と現実は違うらしいってことかな。〝男は自分の非情な仕打ちを悔い――〟とはいかないようだ。朋彦さん、伝説の不実な男のおこないを聞いても、眉ひとつ動かさなかったよ」

到着したタクシーはワゴン型の六人乗りタイプであった。

泉水のクラウンを駐めた駐車場まで走ってもらうよう頼み、鈴木は助手席へと乗せた。ようやく一同の人心地がついた頃、後部座席からこよみが言った。

「常陸坊海尊はほんとうにここで亡くなったんでしょうか？　海尊のお墓は、確か岩手にもありますよね」

部長が応じる。

「あるじの義経には有名な北行伝説ってやつがあって、北陸から東北にかけてあちこちに義経伝説が残っているからね。同じく臣下であった常陸坊海尊の伝説も、やはり北陸から東北で根強いようだ。

柳田國男もこう書いているね。『東北では近いころまで、海尊仙人を固く信ずる者があって、今日でもそれはそのはずだという人がないともいわれぬが、実はこの噂が一箇処一口ではないために、かえって始末が悪いのであった』、『百五、六十年前にも、能登と加賀越後にまた別口の話があった』とかなんとか」

暗唱するように立て板に水で述べたててから、ふと声を落とす。

「ただぼくが気になるのは、木乃伊の箱書きが妙に新しかったことかな」

「新しかった？」

森司が問いかえす。部長は首肯して、

「常陸坊海尊は五百年近く生き、寛永七年に没したと俗に言われている。つまりいまから三百八十年は前だね。しかしあの墨跡は、薄くしてあったけどせいぜい百年から百五十年前のものだよ。……あの助手の男性が見せるのをためらったことからして、彼らも偽の筆だと知ってるんじゃないかなあ」

7

部長から「部室へ来るように」と呼び出しがあったのは、二日後の午後だった。

講義を終えて、森司はまっすぐ部室棟は北端のオカルト研究会部室へ向かうと、いつものようにその引き戸を勢いよく開けた。

長テーブルを挟んで、部長と泉水の真正面に女が座っていた。戸がひらく音に反応して、女が首を曲げ、振りかえる。森司は思わず息を呑んだ。

内藤珠青だった。

彼女に間違いない。髪型が変わったわけでも、化粧をほどこしているわけでもない。

だが以前会ったときとは、あきらかに異なっていた。

目鼻立ちは同じなのに、全体に磨きあげたように美しくなり、あやしい色香すら漂わせていた。

顔よりも、体にまとっている空気が違う。全身からかもしだされる雰囲気が、別人としか言いようがなかった。

「驚いたでしょ？　ぼくも驚いた」

部長がため息まじりに言う。

泉水も苦りきった顔で、

「周囲に指摘されはじめたのが、一昨日(おととい)の昼過ぎだそうだ。つまりおれたちがあの里にいる頃だな。女史は昨日も今日も、研究室に電話して病欠をとったとさ。植病じゃ『内藤女史が休むなんて、大災害の前ぶれじゃないか』なんて言われてるようだが、このままで顔を出したら、それこそパニック必至だ」

珠青は頬を引き攣(つ)らせて言った。

「最初は気づかなかったのよ。でも、まわりがわたしの顔を横目でちらちら見るようになって、怪訝(けげん)に思って鏡を見たら、この有様――。教授には『おっ、きれいになったんじゃないか。彼氏でもできたか？』なんて言われたわよ。笑っちゃうでしょ」

言葉と裏腹に、その顔には笑みのかけらもない。

だが怒りに歪(ゆが)んでいながらも、その面(おもて)はやはり美しかった。凄艶(せいえん)、と形容してもいいくらいだ。

「失礼ですが、あの、そのお顔は――……」

森司は小声で尋ねた。

「美紅の顔よ」

珠青がぴしゃりと答える。

「これは、わたしの従妹の美紅の顔。骨格も目鼻の位置も変わっていないのに、わたしは美紅になろうとしている。――見て、これがあの子の顔よ」

彼女は折りたたんだ紙片を取りだすと、広げてテーブルへ置いた。

つられるように森司は首を伸ばし、紙片を覗きこんだ。それは雑誌の切り抜きであった。おそらく読者モデルをやっていた当時のものだろう。〝最新春メイク〟などという文字の下に、女性の顔のアップが映っている。

似ている、と森司は思った。

造作そのものは珠青とはまるで異なっている。だがいまの珠青と、その女はよく似ていた。表情が、目つきが、たたずまいが酷似しているのだった。

美しい女だった。猫のようなアーモンド形の眼。細い鼻梁。ふっくらした唇。〝女〟の要素を凝縮して煮つめたような女だ。蠱惑的の一言であった。

――これが、内藤美紅か。

灘こよみの清廉さとは対極に位置するような美女だった。どこか崩れた気配があって、それがまた独特の魅力になっている。ティーン雑誌のモデルだったというから十代だったはずだが、それにしては色香がありすぎた。

「これも呪いの一環なのかな？　どう思う、女史」

部長が静かに問う。

「わからない」

珠青はかぶりを振った。

「あの子がなにをしたいか、さっぱりわからない。昔からわかった例しなんてないけれど……。いえ、違うわ」

眉間を指で押さえる。

「昔はこうじゃなかった。昔——と言ってもほんの子供の頃だけど、あの当時は仲がよかったの。『珠青お姉ちゃん、珠青お姉ちゃん』って、いつもわたしのあとをついて歩いて……いったいいつから、あんなに敵意を向けてくるようになったのか……」

「そうか、昔は仲良しだったんだね」

部長がうなずいた。

「支障なければ女史と美紅さんの関係について、もっと情報を仕入れておきたいな。ええと、きみたちは三歳違いの従姉妹なんだよね？」

「ええ、そう。うちの父は道久伯父のお気に入りでね。しょっちゅう家族ぐるみで遊んだの。それこそ、美紅が伯母のお腹にいる頃から」

彼女は吐息をついて、

「こんなエピソードがあるの。わたしは二歳まで、ほとんど言葉を発しない子供だったらしいのよ。知能に問題はないのになぜだ、と親たちは不思議がっていたそうよ。でもお腹の大きな伯母が訪ねてきたその日、『つわりがないから男の子かも』という伯母の台詞を聞いて、二歳半のわたしは『女の子だよ』と突然言った。『わたしは、そう思うの。きっとお腹の子は女の子』と。

両親も伯父伯母もぎょっとしたらしいわ。二歳の子供が話すにしては、ちゃんとした文章になりすぎていたから。伯母がおそるおそるどうしてそう思うのか、と尋ねかえすとわたしは答えた。『近所のおばさんのときと違うから』、『あのときも、いまも、よく見ていたからわかる』――ってね」

「さすがは女史」

部長が声をあげた。

「その当時から観察眼がずば抜けていたんだ。まさに天才児にふさわしい逸話だね」

「信憑性はあやしいものだけどね。親は概して子供に甘いし、わたしだってたった二歳の頃のことなんか覚えちゃいないし。でも父と伯父はこの話が好きみたいで、酔うと毎回このエピソードを繰りかえしたものよ。『珠青は昔からよその子供と違っていた。予言どおり、生まれた子は女の子だった。それが美紅だ』って」

珠青は苦笑した。

「でも正直言っちゃうと、わたしも小学生くらいまでは純粋に誇らしかったし、嬉しかったの。美紅はそりゃもう可愛い子だったから。幼稚園児なのに、早くも美女の風格があった。あの子と手をつないで歩くだけで、道行く人がみんな話しかけてきた。わたしまで鼻高々だったわ。そんな子の誕生を予言し、慕われているのが自慢だった」

「失礼だけど、美紅さんと仲が悪くなったのはいつ頃から？」

「はっきり嫌われていると気づいたのは、わたしが十七、あの子が十四になったあたりかしら。徐々に疎遠にされているな、とは感じていたんだけれど、その頃から疎遠どころかうってかわって攻撃的になったの。攻撃の内容は、主に容姿について」

浮かべた笑みがさらに苦くなった。

「いまさらだけど、一応言っておくわね。わたしは自分の価値を顔かたちに置いてはいない。もし他人より優れているところがあるとすれば、それは人よりしつこい探究心や好奇心、実験の失敗にめげない粘り強さにあると思っているわ。――でもね、やっぱり美少女から『ブス、不細工』と連呼され、蔑まれつづけていると、それなりに気持ちは落ちこむのよ」

「そりゃあそうでしょ」

部長が言った。

「ぼくだって、もしうちの泉水ちゃんに『チビ』だの『おしゃべり眼鏡』だのって言われまくったら、ふつうに傷つくと思うもん」

「言ってねえだろ」と泉水。

「いや言われてないけどさ。たとえばの話だよ」

と部長は珠青に向きなおって、

「ところで女史、椿園で朋彦さんに会ったときのことなんだけど、うちの部員が言ったんだ。『怖い女がいた』、『きっと、朋彦さんにくっついて来たんだろう』って」

と声を落として告げた。

珠青の肩がぴくりと反応した。部長が壁の時計を見あげる。

「もうじきバイトを終えて、こっちに来るはずだ。どうする？　その部員と会って、話を聞いておきたい？」

しばし珠青はためらっていた。

だがやがて、顔をあげて決然とうなずいた。

「ええ」

「わかった。じゃあメールしとくね、バイトが終わったら、できるだけまっすぐ部室に来てほしいって」

部長のメールから三十分と待たず、鈴木瑠依は部室へあらわれた。

彼は一歩入って、珠青を見——あきらかに怯んだ。

唇が、誰、と言いかけて止まる。以前会った内藤珠青だとすぐに気づいたらしい。しかしその瞳がまだ、信じられないと雄弁に語っていた。

「鈴木くん、ここにいるのが誰かわかる？　——もちろん、〝女史じゃないほう〟の女性のことだけど」

部長が言った。

鈴木は双眸に恐れをたたえたまま、

「――はい。椿園にいた女性です」

と答えた。そして掌で口を覆う。

「すんません。おれ、また気分が……出てもええですか」

「待って」

珠青が急いでさえぎった。

「その前に、これだけ教えて。美紅はわたしに、なにかを訴えかけているの？　だとしたら、なにを？」

「わかりません」

顔をそむけて、鈴木は呻くように言った。

「ただおれにわかるのは、その女性が、美貌を自分の武器やと認識してる、ってことだけです。あなたがいまの顔になったんは……たぶん、そのせいでしょう」

「従兄弟や親戚に、継続的な強い悪感情を抱いたことってありますか？」

講義を終えて、喫茶『白亜』に合流したこよみが言った。

「親戚づきあいが密じゃないせいもあってか、わたし、そういった経験がないんです」

白亜の名物と言えるブレンドコーヒーを一口含んで、森司は首をひねった。

「うーん、どうだろう。でも比べられてあてこすられたときだけは、ちょっとばかりいやだったかな。おれ浪人したとき、親にちくっと言われたんだよ。『千葉のマーくんは塾にも行かず現役合格したらしいわよー、親孝行だわー』とかなんとか。いやもちろん、親も本気で言ってたわけじゃないけどさ」

「おれはそんなん、しょっちゅうでしたよ。同い年の従兄がおったんで」

と、いまだ気分が悪いらしい鈴木は、ストローでレモンスカッシュをすこしずつ飲みながら顔をしかめた。

「向こうは明るくて友達の多い健康優良児、対するおれはいじめられっ子の不登校児でしょう。引きあいに出されるたび、しんどかったですわ。しまいには親の口から従兄の名前を聞くだけで、胃ぃが痛なりました」

泉水が食べ終えたナポリタンの皿を押しやって、

「黒沼家の場合はそれには当てはまらねえな。そもそも比較の対象じゃない」

淡々と言う。

「ほんとうなら、うちの親は兄貴のほうを本家のお世話係にしたかったようなんだがな。なんでか知らんが、気づいたらこうなってた」

「まあ渚佐ちゃんは、ぼくらとちょっと歳が離れてたしさ」

部長は苦笑した。

「話を戻すけど、親にしてみたらあくまで、子供を発奮させようとしての比較なんだろうさ。でもうまいやりかたとはとうてい言えないな。無用な比較は、子供同士の敵愾心と反感を煽るだけだ」

「美紅さんは内藤女史と比べられていた、と思いますか」

森司が問う。

部長は当然のように、

「あそこは学者一家だからね。一般の家とは価値観の比重が違う。美貌の子より、聡明な子のほうが持ちあげられるのは自然の流れでしょ」

と答えた。

「もちろんいらない比較ばかりする親に対して怒るのが正当なんだろうけど、感情の矢印というのは、そう理屈どおりにはいかないから」

「……とりあえず、その美紅って女に会ってみないことにはどうしようもねえな」

との泉水の言葉に部長はうなずいて、

「だね。それに朋彦さんがなにか隠している様子なのも気になる。んー、でもどうするかなあ。不用意に再訪問したところで、彼があれ以上話してくれるとは思えない」

「あの里出身か、もしくは近隣に住んでいた人を探すというのはどうですか？　第三者の視点から見た朋彦さんたちのことも知りたいし」

とこよみが言う。

部長は首肯して、

「そうだね、それしかないかな。じゃ八神くん、例の学生課の職員にあたって——いや、さすがにそりゃ無理か。あきらかに個人情報の漏洩にあたるもんね」

「はい。無理だと思います」

森司は同意した。

「ある程度のデータベースはあるでしょうが、さすがに住所を勝手に教えてくれるとは思え——あ！」

唐突に声をあげた森司に、

「どうした八神」

「八神くん？」

と黒沼従兄弟コンビが目をまるくする。森司は身を乗りだして、

「矢田先生がいるじゃないですか。ツーリングと名所めぐりと、学生の家にただで泊まるのが趣味の、あの矢田先生が！」

と叫んだ。

オカ研にもよく顔を出す非常勤講師の矢田は、持ち前の明るさと図々しさと嗅覚で各名所近くに住む学生を訪ねあて、アパートないしは実家に無料で泊めてもらう常習犯である。藍とはまた違った意味で顔の広い男だ。

部長は「ああ、なるほど」とただちに携帯電話を取りだした。

「確かに矢田先生なら、椿の里の近くに一度くらいは宿泊してそうだね。よし、さっそく電話して訊いてみよう」

8

「鐘ヶ江家についてですか？　いやあ、うちの爺ちゃん婆ちゃんのほうがくわしく話せそうですけどね。なんていうか、あそこに関しては日本昔ばなしみたいな噂ばっかり流れてて」

と、矢田が紹介してくれた男子学生は困惑顔で言った。

「へえ。日本昔ばなしみたいな噂、って？」

部長がうながす。

「悪口にとらないでくださいね。ほんとただの噂ですから」

彼は前置きして、

「鐘ヶ江家の女や子供は、代々早死にするとかいう伝説があるんですよ。いや迷信と言えばいいのかな。それともデマ？」

と首をかしげた。

「婆ちゃんから聞いた話は、だいたいこんな感じです。『旅の坊さんが、鐘ヶ江家の先祖が住む家の戸を叩き、一晩泊めてくれと頼んだ。先祖は坊さんを泊めてやったけれど、珍しい宝を持っていると知って、出来心が湧いて坊さんを殺してしまった。その宝を神社におさめたおかげで、先祖はみるみる村の中で出世し、金持ちになった。しかし家が栄えた代わり、代々の子孫が坊さんの霊に祟られるようになった』、と——」

六部殺し伝説の変形だな、と森司は思った。

サークル活動も三年目ともなると、さすがにこの程度の定石は覚えてしまう。六部殺し伝説のスタンダードな話はこうだ。

旅の六部が訪れて一夜の宿を乞う。家人はこころよく迎え入れてもてなすものの、六部の荷物の中に大金の路銀が入っているのを知ってしまう。

悪心を起こした家人は六部を謀殺し、金を奪い、死体を始末する。その後、家人は奪った金を元手に商売をはじめるなどして裕福になる。しかし六部の祟りにより、家人は富を得るものの末代まで苦しむことになる。

多くの場合は、急速に繁栄した者への「どうせなにか悪どい手でも使ったに違いない」という周囲の妬みが伝承に姿を変えたものとされているが、なにがしかの真実を含んでいる向きも稀にだがあるという。

だが鐘ヶ江家がどうなのかは、この情報だけでは判然とし得なかった。

男子学生がつづけた。

「そんなわけで、祟りを恐れた地元の人間はあそこの者とは結婚しないから、鐘ヶ江家は身内同士でばかり結婚していたんだそうです。でもここ百年くらいは、身内結婚はよくないと、村の外からお嫁さんをもらうようにしているとか」

「その祟りというのが、最初に言った『女や子供は代々早死にする』ってやつだね？」

　と部長が念を押す。

　男子学生は眉をさげて、

「はあ。でもまあ、ほんとただの噂なんで。爺婆世代は、いまだにもっともらしい顔して言いますけどね。『あの家に嫁ぐと人の何倍も早よう老ける。子供ができても、その子も早よう死んでしまう。嫁がすだけ損だ』なんて」

「そりゃ周囲の雑音がストレスで早死にした、ってだけじゃねえのか。人より老けるのも、いらん心労のせいだろう」

　と泉水が言う。言われた彼も「ですよね」とあっさり同意した。

　部長は手にしたペンの尻でこめかみを押して、

「で、そのお嫁さんだけど、鐘ヶ江家の次代当主である朋彦さんが婚約者を連れ帰った、とは聞いたことがあるかな？」

「ああ、はい。小耳にはさんだ程度ですけど」

　と男子学生はうなずいた。

「でもそれも、どこまでほんとかわからないって感じですよ。婚約者の実物を見たって人がほとんどいないし、『芸能人みたいな美女だった』って言ぅ人もあれば、『そんげ美人ではねぇども、賢そげな、きちんとした人』なんて言ぅ人もいて、証言がまちまちらしいですし」

きっと美紅と珠青のことだろうな、と森司は思った。朋彦が珠青から間断なく従妹に乗りかえたとするなら、住民の認識が食い違っていても無理はないはずだ。

部長は微笑んで、

「そっか。今日はわざわざありがとう。最後にもうひとつだけ訊いていいかな。きみから見た朋彦さんって、どんな印象の人だろうね？」

「おれの目から見てですか？　うーん」

彼はすこし考えこんでから、口を再度ひらいた。

「やさしそうな人ですよね、穏やかで。……すみません、じつはあんまりよく知らないんですよ。鐘ヶ江家とはいちおう宮司と氏子の関係になるんですが、基本あまりお付きあいしませんから。もちろん例のデマの件もあるし、身分違いなんでこっちが遠慮してるってのもあるけど、向こうからもとくに歩み寄ってきませんしね。うーん、お高く止まってるってより……なんて言うかな、踏みこんでくるな的オーラって言うんですか？　そういうの、びりびり感じるんすよね」


男子学生が部室を出ていって十分も経たぬうち、

「よう、どうだった？　あいつ、役に立ったか」

と矢田は片手に手土産をぶら下げて現れた。県内の有名温泉のマークが焼き印された、箱入りの黒糖饅頭である。

「この饅頭はコーヒーに合うんだよなあ」

と暗に催促する矢田に応えて、こよみがコーヒーメイカーをセットに立つ。部長はさっそく箱に手を伸ばし、饅頭の包装を剝きながら言った。

「はい。おかげさまで有意義な話が聞けました。ところで矢田先生が椿の里へ行ったのって、何年前のお話なんです？」

「えーと、最初は五年前かな。二度目が去年だ」

「去年？」

泉水が問いかえす。矢田は屈託なく破顔して、

「おう、それでな、聞いてくれ。去年はそこですげえ美人と会ったんだ」と言った。

室内に一瞬、緊張が走る。

だが部長は声のトーンを変えず、平然と相槌を打った。

「旅先で美女と遭遇か。いいじゃないですか、ロマンスのひとつも生まれました？」

「いやあ、駄目駄目」

矢田は手を振った。

「案の定、とっくに他の男のお手付きだった。地元の神主さんがえらい金持ちなんだそうで、その婚約者だとさ。玉の輿だよ。まあそうでもなきゃ、あんな垢ぬけた美人があんな田舎にいるわけないよなあ」

間違いない。内藤美紅だ。森司は泉水と目を見交わし、うなずきあった。

部長がやはり声を抑えたままで、

「ああ、宮司さんの婚約者なら存じてます。その人、植病の内藤珠青女史の従妹さんですよ」

「内藤女史の？」

矢田が目を剝いた。数秒なにかを思いだすように目線をさまよわせてから、手を叩く。

「おい、てことはありゃあ、ひょっとして内藤道久教授の娘さんか？　女史が誕生を予言したっていう、あの伝説の従妹」

「そうですよ」

「うわあ、口説かなくてよかった。危機一髪だったぜ。セクハラだなんだと言われたら、あやうく出世への道が閉ざされるとこだった」

「出世する気あったんですか。……というのは置いといて、誕生を予言云々のエピソード、矢田先生もご存じなんですね」

「そりゃ有名だからな」

と矢田はこよみから受けとったコーヒーを美味そうに啜って、

「いや、つくづく無礼を働かなくてよかった。内藤家の秘蔵っ子といやあ珠青女史だが、道久教授の美人嫁はまた違う意味で名高いしな。娘にちょっかいを出したなんてクレームを付けられたら、おれの人生はそこで試合終了だ」

「美紅さんと――従妹さんと、矢田先生はお話ししたんですか」

　森司はひかえめに口をはさんだ。

　矢田は首を振って、

「話したって言っても、ほんの数分さ。咲き乱れる椿園の真ん中に美人が突っ立ってたんで、つい話しかけちまったってだけだ。すぐによその男のもんとわかったんで、深追いもしなかったしな」

　と無精髭(ぶしょうひげ)の顎(あご)を撫(な)でた。

「そうかあ、あれが内藤女史の……。しかし彼女、女史とは真逆の不思議ちゃんだったぞ」

「不思議ちゃん？」

　部長が問いかえす。矢田は自分が持ってきた饅頭の箱に手を伸ばして、

「ああ。じつを言うと、ちょっと意地悪心を出して『あなたみたいな人がこんな田舎に嫁いでも、毎日退屈なんじゃないですか』なんて聞いてみたんだよ。そしたら彼女、『お嫁になりに来たんじゃないからいいの。人魚になるために来たの』なんて言うんだ。どう返していいかわからなくて、リアクションに困ったぜ」

「人魚、ですか」

　部長が声を落とす。

　矢田は饅頭にかぶりついて首肯した。

「ああ。変な子だろ？　だが美しいことは確かに美しかったぞ。ありゃあ灘と並んでもタメ張れるな。まるで椿の妖精みたいで……」

「——あ！」

　突然、こよみが高い声を発した。

　矢田が肩を跳ねあげて、

「なんだ？　あ、もしかしていやだったか？　おれが比べるようなこと言っちゃったからか？　ご、ごめんな、おれって一言多い性分なだけで、べつに悪気は」

　と狼狽する。しかしこよみは、矢田の様子など目に入らぬように部長を振りかえった。

「部長。わたし、あの里へ行ってからなにかもやもやするなって思ってたんです。でもいま、なにか繋がったような。人魚、不老不死伝説、椿、旅のお坊さん——」

「ああ」

　部長が察したように膝を打った。

「なるほどそっか、〝そっち〟だったか。うーん、でもまだわからないことは多々あるな。できればもう一人くらい、里出身の人と——」

　そう彼が腕組みして唸るように言ったとき、引き戸を外から激しく叩く音があった。

　どなたです、と声をかける間もなく引き戸が開いた。

　よろめくように入って来たのは、ほかならぬ内藤珠青であった。泉水が間髪を容れず手を伸ばし、彼女を支える。

彼女の容貌を目にした瞬間、矢田の顎ががくりと落ちた。

「え、あ——な、内藤か？　え、その顔——え？」

うろたえきって、部長と泉水を交互に見やる。

部長はそんな矢田を手で抑えて、「すみません。説明はあとで」と唇に指をあてた。

だが矢田が驚くのも無理はない、と森司は思った。

珠青の顔つきはさらに変わっていた。

よくよく凝視すればさすがに彼女だとわかる。だが一見して内藤珠青だと察せられる人間は、おそらくほとんどいないだろう。皮肉なことに洗練されたその空気をまとって、珠青本人の素材のよさがはじめて浮き彫りになってすらいた。

「ごめんなさい。今日は来ないつもりだったのに——起きて、鏡を見たら、わたし、わたし——」

珠青はあえいだ。部長が彼女のもとへ駆け寄る。

「いいんだ、それより女史、座ったほうがいいよ。気分が悪いの？　吐きそう？」

しかし珠青は応えず、己の造作を確かめるように、しきりに両手の指で目鼻を探っていた。

「わたし——わたし、いま、どんな顔をして見える？　わたし、もう美紅になってしまった？　いったいどこまで顔が変わったのかしら」

「大丈夫だよ。ちゃんときみだとわかる。だから落ちついて、さあ座って」

「内藤さん、ここへ」

部長がなだめ、こよみが椅子を差しだす。

だがやはり珠青の耳には入っていないようだった。

彼女は手で顔を覆ったままその場へ崩れるようにしゃがみこんだ。「どうしてだろう、わかるの」と呻くように言う。

「わかるのよ。美紅は、もう――生きていない気がする」

9

遠くで祭りの練習らしき太鼓の音が鳴っていた。

椿園の手入れを終え、作務衣姿の男は家の前を竹箒で丁寧に掃き清めていた。

空の端はいつしかほんのりと茜に染まりかけている。薄赤い陽が八つ手の葉を透かして、作務衣の布地に模様のような影を落としている。

掃く手の動きは、太鼓の単調な律動へと次第に重なっていくようだ。黒板塀から突き出た枝を這う斑猫が、ゆっくりと葉を食んでいる。まだ初夏とすら言えぬ、どこか気だるい晩春の夕刻であった。

男は竹箒を止め、腰を伸ばした。

固まりかけた背の筋肉が軋む。思わず顔をしかめかけたとき、彼は道の向こうから近づいてくる一行を見とがめた。

今度こそ彼の頬が歪んだ。

招かれざる一行が眼前で足を止める。

その先頭に立つ、眼鏡の男が屈託なく笑んだ。

「どうも数日ぶりです、朋彦さん。いやあ、また来ちゃいましてすみません」

一行の顔ぶれは同じだ。眼鏡の小男。対照的な長身の偉丈夫。目を瞠るほど美しい女が一人に、痩身の若い男が二人。

だが彼がやんわりと拒絶の言葉を吐く前に、黒沼と名乗った眼鏡の男は言った。

「鈍いぼくにもやっとわかったんですよ。椿、人魚、白髪、旅の僧侶。そして常陸坊海尊の不老不死伝説。――隠しワードは、八百比丘尼ですね?」

彼の肩がぎくりと強張った。

「八百比丘尼は少女時代に誤って人魚の肉を口にしてしまったことから不老不死になり、家族全員に先立たれ、出家して尼僧となった。彼女は顔こそ若いものの、総白髪だったという説があります。また椿の花をことのほか愛し、いつも白椿を携えていた、とも言われています」

滔々と黒沼部長が述べたてる。

「八百比丘尼といえば若狭ですが、その伝説はほぼ全国に散っていて、常陸坊海尊の逸話とかなり混在しています。八百比丘尼が源平合戦について語ったという伝承も多く、柳田國男も『常陸坊であり、ないしは八百比丘尼なることを——』と、著作でこの二人を同列に語っています。また稲敷(いなしき)市の大杉(おおすぎ)神社にある天狗(てんぐ)像のモデルは常陸坊海尊だと言われていますが、これは八百比丘尼が天狗の爪を所持していたという伝説とも一致しますね」

彼は言葉を切って、

「まあ立ち話もなんなんで、お宅の中へ入れていただいてもいいですか？……ここで話しつづけると、通りすがりの誰かに聞かれる可能性もありますし」

と微笑んだ。

鐘ヶ江邸は、外界と屋敷を隔てるような高い黒板塀と、緑が生い茂る広大な庭の奥に鎮座していた。

庭を埋める樹木は高く、また層が厚く、その手前に袖垣(そでがき)のごとく椿の木がずらりと植わっていた。咲いている椿はほんの二、三種といったところだが、可憐(かれん)な一重の紅緋色(ひいろ)や白磁色が、濃緑の中で鮮烈に浮きたって見えた。

朋彦は座敷の床の間を背に座って、

「わが家では八百比丘尼と呼ばず、白比丘尼(しろびくに)と呼んでおりますが——」

と、低い声で語りだした。

庭の木々が防音壁の役目を果たしているのか、祭り太鼓の音はいっそう遠い。刻まれる一定のリズムだけが、ごく低く響いてくる。

「代々に伝わる、ほんとうの伝承です。白髪の美しい白比丘尼がいずこからともなく現れ、鐘ヶ江家のあるじと懇意になった。あるじは比丘尼に懸想し、ずっとこの里へとどまってくれと頼むが、『わたしはいずれ故郷へ帰って、墓守をする身』と断られてしまった。それでもあるじは諦めきれず、比丘尼の荷を隠すなどして出立の邪魔をした。

あるじは『戻ってどうなさいます。もう家族はいないのでしょう。冷たい墓などより、あたたかい人肌をお求めなされ』とかきくどいたが、比丘尼は『故郷へ帰る、家族のもとへ帰る』としか言わない。

業を煮やしたあるじはある夜、比丘尼に風呂をすすめ、湯を熱して、魚のように煮殺すと死体を食べてしまった。そして白比丘尼の所持品であった木乃伊をなにくわぬ顔で神社に奉納した。それからというもの、この家は祟りを背負いこみ、代わりに富を得るようになったのだと――」

「魚のように煮殺して、か」

政市が出した茶を含んで、部長がつぶやいた。

「人魚の肉は人羹とも称され、同じ韻を踏む〝人間〟の隠喩ではないかと言われています。人魚伝説はカニバリズムと密接なかかわりがあり、それゆえに『不老不死』という禁忌への一因とされてきた。禁忌を犯すことによって、より大きな禁忌へと踏み入ってしまう図式ですね」

「……おぞましい伝承です」

朋彦は膝の上で拳を握った。関節が白っぽくなるほど握りしめた手が、こまかくわないている。

「白比丘尼がほんとうに実在したのか、先祖に殺されたのかはわかりません。だが祟りがあるのは事実です。鐘ヶ江家から生まれる代々の子供の多くは、あっという間に白髪になり、腰が曲がり、早死にしてしまう――」

「白比丘尼の名を隠しておくのは一種の避諱、つまり忌み名を避ける行為と考えていいですか」

「ええ。みだりにその名を口にしてはいけないと、子供の頃から禁じられてきました。代わりに椿を植えて比丘尼の魂を慰め、人魚を奉り、比丘尼とイメージを同じくする海尊の名をちりばめて、その存在を秘匿してきたのです。あまりに祟りの力が大きく長いので、刺激するまいと考えてのことでしょう」

彼は顔をそむけ、

「だからぼくは、珠青さんと結婚できずにいたんです。彼女をこんなことに巻きこみたくなかった。かといって、あの聡明な彼女に、こんな非科学的な話を打ちあけることもためらわれて……」

語尾が震えて消えた。

「すみません。珠青さんに、許してくださいとお伝えください。ほんとうなら面と向かって謝らなければならないところですが、もはや合わせる顔が――」

「いいえ」

凛とした声が朋彦の言葉をさえぎった。

黒沼部長や泉水の背後に座っていた、キャップを目深にかぶったモッズコートの若い男が立ちあがった。

黒のキャップをはずす。コートを脱ぎ捨てる。

現れたのは、内藤珠青であった。

朋彦が喉の奥で、くぐもった声をあげるのが森司の耳にも届いた。

あの日、珠青は部室で「美紅はもう生きていない気がする」と言いはなったあと、「わたしもあの里へ行かなくちゃいけない。美紅がどうなっているか、どうしているか、この目で見なくては」

と言い張った。

あそこへは二度と行けそうにないと言う鈴木に代わって、彼の格好をして行くのはどうかと勧めたのは森司だ。次いで森司はこよみを見やり、

「灘も行かないほうがいいんじゃないか。美貌を武器と思っている女なら、自分以外の美人を全員敵視しているかもしれない。鈴木が過剰に気分が悪くなったのだって、美女と間違われた可能性があるぞ」

巻きぞえをくって、こよみまで美紅の顔になってしまってはたまらないと思ったのだ。

しかし鈴木が、

「いえ、それはありえません」

　と森司の主張を言下に否定した。

「おれがこないになったんは、先から言うてるとおり、波長が合いすぎたからですよ。灘さんは大丈夫です。――この女の眼中には、一貫して内藤女史しかいてません。そして、だからこそ内藤女史は行かなあかんと思います」

　そしてその言葉どおり、いま内藤珠青はここにいる。

　朋彦は顔色を失くし、膝を崩して、珠青から逃げるように手を体の後ろへ突いていた。そこにいるのは美紅でなく彼女だと、朋彦ははっきりと理解していた。見あげた双眸に、混じりけのない恐れが浮いていた。

「いいかげんなことを言わないで」

　珠青はきつい語調で叩きつけた。

「祟りに巻きこみたくなかった？　打ちあけるのがためらわれた？　よく言うわ。だったらなぜ美紅とはすぐに婚約したのよ」

　朋彦へ、まっすぐ指を突きつける。

「第一、あなたは誰？　よく似ているけど、違う。わたしの知ってる朋彦さんじゃないわ。――言いなさい、彼はどこなの！」

　室内に緊張が走った。

へたりこんだままの朋彦の後ろで、背をかがめていた政市がむくりと身を起こすのがわかった。

頭の手ぬぐいをはずし、面をあげる。二人の目がまともに合う。

珠青が息を呑む気配がした。

泉水が腰を浮かしかけ、部長に押しとどめられる。珠青の乾いた唇が震えながらひらき、低く声を押しだした。

「とも、ひこ、さん……？」

「そうだ」

疲れきった声で、政市――いや、鐘ヶ江朋彦は言った。

「わかっただろう、これが、この家の祟りなんだ」

まだ二十九歳のはずの彼は、齢八十を超える老爺としか見えなかった。

顔にも手にも首にも縮緬のような皺が寄り、瞳は白く濁っていた。髪は頭頂部に、黄ばんだ白髪がへばりつくように少量残っているだけだ。腰は曲がり、足の骨が湾曲していた。

部長が静かに問うた。

「では、ほんものの政市さんは？」

「彼だ」

枯木に渋紙を貼ったような指が、いままで朋彦と名乗っていた男を指した。

「ぼくの分家の従弟の、政市だ——。昔からよく似ていると言われてきた。いずれ来るこのときのために、里の人間とは密に親交してこなかったんだ。いずれ——こうやって、ぼくと彼とが、入れ替わるときが来るかもしれないから」

彼は苦笑して、

「……でもさすがに、きみの目はごまかせなかったな」

と珠青に言った。唇がめくれ、痩せた歯茎から、不自然に白い歯が覗いた。

「いえ」

珠青が首を振り、硬い声で言った。

「それは、祟りじゃないわ」

「女史の言うとおりだ。祟りなんかじゃありません」

黒沼部長も立ちあがり、追随した。

「あなたのそれは、成人性早老症と呼ばれれっきとした病気だ。おそらくウェルナー症候群の亜種でしょう。常染色体の異常です」

彼は珠青の肩にそっと手をかけて退がるよう命じ、

「早老症の多くは子供の頃に発症するが、ウェルナー症候群は成人後に症状があらわれはじめる。白髪が増え、白内障や皮膚の萎縮など老化としか形容しようのない現象が起こり、多くは四十代から五十代で死亡する。なぜか患者の約六割が日本人だとされ、風土的な遺伝病ではないかと推測されていますが、まだまだ未解明な部分も多い」

と言った。泉水が無言で立ち、庇護するように彼の背後へ付く。

部長がつづけた。

「ぼくの家も人のことは言えませんけど、世界中どこでも富裕層は富の分配を恐れ、血族結婚に走りがちです。となれば優性遺伝はもちろん、当然、劣性遺伝もあらわれやすくなる。エジプト王朝やハプスブルク家がいい例だ。

『比丘尼の祟りを恐れた地元の人間はあそこの者とは結婚しないから、鐘ヶ江家は身内同士でばかり結婚していた』？　『祟りで白髪になり、腰が曲がり、目が白濁して早死にしてしまう』？　違うでしょう。祟り云々の伝承は後付けに過ぎない。昨今は血族結婚をやめ、里の外からお嫁さんをもらうようにしていたそうですが、それでも発症の確率はいまだ高いまま――」

「それでも、血を絶やすわけにはいかないんです」

朋彦は苦しげに言った。

「鐘ヶ江の所有する土地は広大で、財産も莫大なものだ。本家のぼくが、嫁をもらわずにいるわけにはいかない。たとえそれが……本物のぼくでなくとも」

血を吐くような声だった。

「ほんとうに好きな女性と結婚するのは、彼女を犠牲にするようで、怖くて……。でもぼくには、立場と世間体があった。独身のまま生涯を終えるわけにはいかなかった。だから」

「嘘よ」

珠青がぴしゃりと封じた。

「それは半分ほんとうでしょう。けれど、半分は嘘。あなたが美紅に心変わりしたのは確かだわ。そばで見ていたわたしが、一番わかっていることよ。いまさらいい人ぶるのはやめて、今度こそ真実を教えてちょうだい」

朋彦はなにか言いかけ、あきらめて肩を落とした。

なによりもその態度が、珠青の指摘が真実であると語っていた。

「発症は、いつからなの」

「きみと別れて半年ほどしてからだ。こんなことを言うと、きみは非科学的だと笑うだろうが、天罰だと思ったよ」

朋彦は苦笑した。目じりにも頬にも、海面にさざ波が走るようなこまかい皺が寄った。

「美紅はどこ」

珠青は言った。

「あの子に会わせて」

「もう――いない」

朋彦は呻いた。

彼をかばうように、政市が珠青の前へ割って入ろうとした。だが朋彦は忠実な従者の肩に手をかけて、かぶりを振った。

「いいんだ。……認めるよ。ぼくは確かに、あの美貌に目がくらんだ。後さき考えず夢中になった。理性もなにもかも吹き飛ぶほどに、彼女がほしいと思った。祟りなんてどうでもいいと思ったよ。ほかの男に、美紅を渡したくなかった」

「そんなことはもういい。美紅はどこなの」

珠青が詰問する。

「言っただろう、もういない」

「嘘よ、この家にいるわ。わたしにはわかる、いえ、感じるの」

食ってかかる珠青に、朋彦の陰から政市が叫んだ。

「そんなわけがない」

政市は蒼白な顔を引き攣らせ、つばを飛ばしてわめいた。

「あの女は死んだ——とっくに殺したんだ。おれが、この手で」

静寂が落ちた。

凍りつくような、長く重い静寂だった。

「なぜだ」

泉水が問うた。

「なぜ殺した」

政市は答えなかった。ただ歯を食いしばり、まぶたを伏せた。代わりに口をひらいたのは、朋彦だった。

「ぼくの、ためです」

嗄れた暗い声だった。

「彼女が、ぼくとの結婚を承諾したからですよ」

「どういう意味です」

問いかえしたのは部長だった。

朋彦はうすく笑い、答えた。

「病気について打ちあけたとき、ぼくは、彼女に拒絶されることを覚悟した。でも美紅は拒むどころか、笑ったんです。『早死にするなら好都合だわ』と嘲笑い、結婚の申し込みを受け入れてやる代わり、全財産を寄越せと言いはなちました」

さらに美紅はこうも言ったという。

――あなたのぶんも長生きして、お金を有効に使ってあげるわ。

――現代じゃ永遠の若さと美しさは、お金とメンテ次第でいくらでも手に入る。人魚の肉なんか食べなくても人魚になれるのよ。

朋彦は愕然とし、反論した。

――おまえ、それほどか。そんなにその顔が自慢なのか。

しかし美紅は冷笑を吹きかけただけだった。

――なに言ってるの、あたしの顔に惚れて、珠青お姉ちゃんを裏切ったくせに。

――あたしはママ似で頭がよくない。性格がいいわけでもない。自慢できるのはこの見てくれだけよ。あたしの武器はこれだけ。

そう美紅は眉を吊りあげ、鼻柱に憎々しく皺を寄せた。

だが嘲りに顔を歪めてさえも、やはり彼女はぞっとするほど美しかった——と朋彦は語った。

「美紅は言いました。あの内藤家で〝容姿だけの馬鹿な小娘〟として、生きていかねばならない気分がわかるか、と」

——あたしは生まれたときから珠青お姉ちゃんのための脇役だった。ママのお腹にいたあたしを女の子だと予言したって話を、いったい何百回聞かされたことか。

——珠青お姉ちゃんも、あたしを見くだしてた。いくらつっかかっていっても「困った子ね」なんて苦笑いで済まされるだけだった。

——あんたを寝取ったことで、あたしはやっとお姉ちゃんの視界に入ったの。

——これでもう一生、お姉ちゃんはあたしを無視できなくなったでしょうよ。ざまあみろ。

政市が拳を震わせ、唸るように言った。

「かっとなりました。おれたちは……あの女が珠青さんに、くだらない鞘当てをするための道具じゃない。そんなことのために、と思った。そんなことのために……」

珠青は表情を失い、棒立ちになっていた。

彼女の代わりのように部長が尋ねる。

「美紅さんは、どこです？」

「庭の、焼き窯の奥の、室に――。焼いた器を乾燥させるための、専用の室があるんです。室温と湿度が、つねに一定に保たれていて――」

「案内してもらえますか」

朋彦はもはや抵抗しなかった。

唯々諾々と座敷を出、彼らを緑深い庭の一角へと導いた。

室の戸を顎で指してから、政市に命じて開けはなつ。

珠青が低くつぶやいた。

「……ほら、やっぱりいたじゃない」

美紅の遺体は、素焼きの器が並べられた棚のさらに奥にある、低い縁台に横たえられていた。

室温のおかげか腐敗してはいなかった。

だが眼窩は落ちくぼみ、四肢の末端が乾いて木乃伊化しかけていた。ただ顔をふちどる豊かな髪だけが、いまだ豪奢なほどに美しい。

「殺したのは、いつです」

部長の問いに朋彦が答えた日は、ちょうど珠青のアパートで、花瓶に挿した花首が落ちた日にちと一致していた。

森司は政市を振りかえり、思いついたが言いだしかねていたことを、ようやく彼へとぶつけた。

「ほんとうにあなたがやったんですか」

訊かずにはいられなかった。

「本家の当主を……朋彦さんを、かばっているんじゃないですか」

「いや」

静かにさえぎったのは泉水だった。

「殺したのは間違いなくこいつだろう。本家が立場上怒れない、もしくは沈黙を守るしかないってときに、代わりになんとかするのもおれたちの役目だからな」

彼は政市を見おろして、

「美紅って女の気持ちはわからんが、正直、あんたの気持ちはわかるよ。だがな、殺すまでしたのははっきりと落ち度だ。それは——主家を守っていることにはならない」

言葉もなく、政市はうなだれた。

朋彦が自嘲に唇を曲げた。

「いまだから言います。二人の女に取り合いをされて、はじめのうちはいい気分になっていました。だが婚約して半月としないうち、違うとわかった。美紅は、ぼくを珠青から奪ったんじゃない——。珠青をぼくから、奪いかえしたに過ぎないと」

彼は肩を落とし、

「政市を自首させます、必ず」

と、皺深い顔を片手で覆った。

「すみません。これで、お帰りいただけますか。勝手な言いぐさかもしれませんが、これ以上はもう、我が家の事情に珠青を巻きこみたくない」

本心に聞こえた。

この人はこの人なりに、やはり内藤珠青をも愛していたのだろうか、と森司は思った。

「わかりました」

部長はうなずいて、

「でも最後に、おせっかいを承知で言いますね。朋彦さん、あなたは祟りどうこうなんて言わず、早く医者にかかったほうがいい。成人性早老症の根本的な治療法はいまだ見つかっていませんが、医学の発達によって確実に寿命は延びています。政市さんを通報したあと、あなたは大学病院にでも予約を入れてください」

彼は背後の従弟に目くばせした。泉水が、いまだ呆然と立ちつくしている珠青を支え、外へ出ようとうながす。

思わず森司は声をあげた。

「待ってください。あの——美紅さんをこのまま、置いて行くんですか」

黒沼部長が微笑した。

「八神くんはやさしいね。でもいいんだ、朋彦さんが約束を守ってくれるなら、警察がじきに来るさ。捜査のためにも現場は保存しておかなきゃいけない。いずれ彼女は、家族のもとへ返してもらえるよ」

森司の鼓膜に、鐘ヶ江家の伝承がよみがえった。

――冷たい墓などより、あたたかい人肌をお求めなされ、とかきくどいたが。

――比丘尼は故郷へ帰る、家族のもとへ帰る、としか。

彼は珠青の顔を覗きこんで、

「さ、行こう。珠青の肩がひくりと反応する。美紅さんはこの死に顔を、女史には覚えておいてほしくないはずだ」

と言った。珠青の肩がひくりと反応する。

「鈴木くんも、美紅さん自身も言ってたじゃないか。彼女にとって美貌は武器だった。でもそれは女史と対等になるため、女史にすこしでも近づくための〝武器〟だったんだ。やりかたは、けして正しかったとは言えないけどね」


室を出ると、外の空気がやけに冷たく新鮮に感じられた。

森司が振りかえると、珠青はこよみに手をとられ、ふらつきながらも室から庭へと踏みだしているところだった。血の気を失った頬が、庭に咲く椿よりも白い。

「内藤さん、顔が」

はっとして森司は言った。

こよみが彼女を見あげ、目を見ひらく。部長も泉水も息を呑んだ。

珠青の相貌から、美紅の気配が拭ったように消えていた。そこにいるのは、内藤珠青ただひとりだった。

のろのろと腕をあげ、珠青は指で自分の目鼻をたどった。

まぶたに触れ、頰をなぞり、唇に触れた。そして力を失ったように、膝からその場へ崩れ落ちた。

「女史！」

「内藤さん」

部長とこよみが、慌てて彼女の横へかがみこむ。

珠青はかぶりを振り、放心したように、

「ごめんなさい。やっと……やっといま、実感が湧いたの。美紅はもう、いないんだわ。この世から、いなくなってしまった」

庭の木々の合間に咲く冴え冴えとした白椿。もしくは華やかな紅椿。深緑の庭は絢爛たる花衣をまとって美しく、それでいて静謐だった。

「……わたしもう、二度と──あの子に会えないのね」

珠青の低いつぶやきが、風に溶けて消えた。

エピローグ

HAUNTED CAMPUS

大学御用達の古本屋を出たところで、森司は手編みらしき毛糸のカーディガンを羽織った老婆に呼びとめられた。

「あのう、申しわけねぇども」

「この病院へは、どうやって行ったらいいんでしょうねえ。やいや、目ぇが悪いすけ、ようわからねぇで、どうもすみませんねえ」

またか、とすら森司は思わなかった。

「いえいえ」と老婆の手から書きつけの紙片を受けとり、顔は無表情を保ちつつ、内心で困惑する。これまた、口で説明しにくい道のりであった。

「あー、ええとですね。この道をまず左に曲がっていって――いやこれ、バスに乗ったほうが早いな。あのね、巡回バスがあるんですよ。うんそう、市内をぐるぐるまわってるやつ。それに乗って……やべ、バス停の名前がわかんないな。いやそれはたぶん、運転手さんに訊けば教えてくれるだろうからいいか。まず停留所はですね、ええと、やっぱりこの道を左……」

とわれながら要点を得ない道案内をしていると、

「先輩？」

と、後方から涼やかな声がした。

「灘」

どうして──と問う間もなくこよみが歩み寄ってきて、彼と老婆を素早く見比べ、手の中の紙片を覗きこむ。

「ああ、この病院ですね」

近眼のこよみはこれでもかと眉根を寄せて言い、顔をあげた。

「わたしもちょうど、そっちの方角に行く用事があるんです。いっしょに行きましょう。バス停はすぐそこですから」

「あれほんと？　やいや、悪りいねえ。めんこいお姉ちゃん」

老婆の手をとるようにして歩いていくこよみの背を見送りかけて、ようやく森司ははっと覚醒した。

「お、おれも行く！」

足を速め、慌てて二人に追いついた。怪訝そうに見あげてくる老婆に、

「いや、おれもこっちのほうに用事があったのを、たったいま思いだして。忘れっぽいたちなんです、はは」

と棒読みで笑ってごまかした。

　三人で巡回バスに乗り、目当ての病院にほど近いバス停で降りた。病院への大きな案内看板は立っていたが、たどりつくまでにはくねくねと細い小路がつづく。

「こっちに用事があるので」

「野暮用が」

　を連呼しながら老婆とともに歩いて病院に着き、ちいさな背中が扉の向こうへ消えるのを見送った。手を振りながら森司は吐息をついて、

「あー……結局、こんなとこまで来ちゃったな。ごめん、灘」

「いえ」

　こよみが首を振って微笑んだ。

「先輩、これで今日は大丈夫ですよ」

「え？」

「言ってたじゃないですか。『あれからちゃんとたどりつけたのかって、いつまでも気になって一日中考える』って。でも着いたのをちゃんと見届けたから、今日の先輩はもう大丈夫です」

　森司の口がぽかんと開いた。そういえば、そんなことを言った気がする。

　――道案内って得意じゃないんだよ。

　――おれ説明下手だし、あれからあの人ちゃんとたどりつけたのかなーって、いつまでも気になって一日中ぐじぐじ考えちゃうし。

「灘……」

森司は喉から声を押しだした。だが彼がなにか言う前に、こよみは携帯電話で時刻を確認すると、

「あ、早く戻りましょう。大学に戻るバスが来るまであと五分くらいです。走らないとまずいかも」

「え、あ、そうか」

大通りの方角を森司は見やった。

「灘、走れる靴か？　おれはスニーカーだからぜんぜんいいけど」

「ローファーです。走れます」

大通りのバス停まで二人で駆け戻ったところで、ちょうどバスがすべりこんできた。

こよみは吊り革につかまって揺られながら呼吸をととのえ、森司はそんな彼女の横顔を横から見つめていた。

「そういえば約束どおり、鐘ヶ江政市さんは自首されたそうですよ」

かばんを肩にかけなおし、こよみが小声で言った。

「美紅さんの遺体が返されるにはまだ時間がかかるようですけど、家族葬の準備を進めているって部長経由で聞きました」

「家族葬か。うん、余計な雑音が入るより、そのほうがいいのかもな」

やがてバスのアナウンスが、次は雪越大学前の停留所であると告げた。

チャイムを鳴らして数分後、ぷしゅう、と気抜けするような音をたててバスの扉が開いた。巡回バスは料金が前払いなので、そのまま降りる。

講義中かつ正午前の正門に学生の姿はまばらで、昨日からの曇天ともあいまって寂しげに映った。

なんと声をかけようか迷った挙句、

「灘」

と森司は足を止め、彼女に呼びかけた。

数歩先を行きかけていたこよみが、怪訝そうに立ちどまる。

「あの、おれさ――」

言うべきことはなにひとつ決まっていなかった。整理もできていなかった。衝動に突き動かされるようにして、森司は頭に浮かんだ言葉をそのまま吐きだした。

「おれ、こないだ親父に言われたんだ。おまえは鈍い、人の気持ちに鈍感だ、って」

森司は前髪をかきあげた。

「認めたくないけど、自分でも確かにそういうとこはあるなと思うんだ。えーと、ずっとあとになって、ああそうなのか、そういうことだったのか、って気づくことが多いっていうか」

われながら要領を得ない。

しかしこよみは黙って聞き入ってくれている。森司は言葉を継いだ。

「中学の卒業式のときの話なんだけどさ、別れ際に、クラスの女子にいきなりお礼を言われたんだよ。ぜんぜんしゃべったことない、親しくもなんともない子。『ずっといじめられてたわたしに、八神くんは毎朝普通に挨拶してくれたよね、ありがとう』って、泣きながら言うんだ。でも違うんだよ。おれ、気づかなかっただけなんだ。ただ鈍感で、その子がいじめられてると気づいてなかったってだけで……。ぜんぜんそんな、お礼なんか言われるようなことじゃなかったんだよ」

なんだろう、なぜおれはこんな話をこよみちゃんにしてるんだろう、と森司は思った。

人に道を教えたあとの、中途半端に責任を負ってしまったようなもやもや感。あのとき卒業式で感じたのも、それに似た感覚だった。

おそらく自分はあのとき、怖い、と思ったのだ。

善意だろうと悪意だろうと、人は人の気持ちを完全に押しはかることはできない。その結果、人の思いはすれ違う。

それが怖いと思った。こんなささやかな感謝ですら受けとりきれない己の狭小さと鈍感さ、そして背後にあったらしい不特定多数の毒気。その両方に、ぞくりとした。

――これからもおれは、こうやって他人の気持ちを取りこぼしつづけるのかな。

恐ろしかった。だが日々の忙しさにまぎれ、いつしかあのとき感じた畏怖も忘れてしまっていた。

その感情がなぜかいま、よみがえっている。曜平と一家の事件を経たからだろうか。

それとも行き違いすぎた、珠青と美紅の姿を見たからか。

——こよみちゃん。おれはきみの感情と言葉を、ちゃんと受けとめて、正しく解釈しきれているんだろうか。

——そしておれは、きみに。

言葉に詰まってしまった森司を見あげ、やがて、こよみがぽつりと問うた。

「先輩は、もしその人がいじめられてるって知ってたら、挨拶しなかったんですか?」

「え? いや」

森司は目をしばたたいた。

「それはない……かな。どうだろ。考えたことなかった。うーん、顔見たら結局、挨拶くらいはしたんじゃないかな。知ってる相手なのに黙って通り過ぎるのって、なんか気まずいし……」

「じゃあ同じじゃないですか」

こよみが言った。

「同じです。その人はやっぱり、卒業式で先輩にお礼を言ったと思いますよ」

彼女は微笑んでいた。

「——八神先輩の、そういうところが素敵なんです」

なかば茫然として、森司はこよみを見おろした。

ゆっくりと、耳が、頬が熱くなっていく。胸の真ん中で鼓動がどくどくと鳴っている。

首から上に血がのぼりすぎて、気が遠くなりそうだ。

「灘、おれ」

森司は無意識に口をひらいていた。

「きみといると、おれは、いまよりもっといい自分になれる気がする。うまく言えないけど……きみはおれに、自信とか、モチベーションとか……とにかく、いつもいろんなものをくれる」

言葉が勝手に唇からすべり落ちる。止まらない。

「灘」

こよみと眼が真正面から合っている。

彼女はそらさない。森司もまた、そらさなかった。数秒の沈黙が流れる。

「おれは、きみが」

ごくりと喉仏(のどぼとけ)が動く。

「きみのことが、その……」

「灘さん！」

突然、背後からかかった声が空気を裂いた。

こよみが声の主を振りかえる。

数メートル先に、二人の男が立っていた。どちらも見覚えのある顔だ。確かこよみと同ゼミの男子学生と、指導教員の一人でもある准教授であった。

准教授が眼鏡の奥で目を細めて、

「来週の演習発表の件、どうなった？　レジュメと資料は提出されてるけど、質疑応答のシミュレーション、まだ詰めてないだろう」

「あ、はい。いま行きます」

こよみは准教授にそう応え、森司に顔を戻して一礼した。

「すみません先輩、ではわたし、これで」

「あ、う、うん」

なすすべもなく、森司は小走りに離れていくこよみの背中を見送った。

准教授たちに追いつく寸前、ほんの一瞬こよみが肩越しにこちらを振りかえった。視線がわずかの間、絡み合う。

森司の胸を、得体の知れない焦燥が走った。

なにか言わなければ、と思った。しかしなにを言うべきなのかわからない。口だけが勝手にひらいた。

「灘！」

こよみが立ちどまる。

男子学生も准教授も、驚いたように森司へ首を向けた。森司は息を呑み、しばし言葉に迷ってから、

「ま、また明日」

と情けない声を発した。

一拍置いて、こよみが微笑む。

「はい。また明日」

今度こそ遠ざかっていく三人の背を見つめながら、森司はその場に立ちつくしていた。

彼らが教育学部棟の中へ消えてしまったあとも、なおも突っ立っていた。

やがて緩慢に首を曲げ、森司は花壇に咲く花に目をとめた。

なんの花だろうか。すこしだけ椿に似た、一重咲きの白い花だ。小ぶりで可憐で、こよみちゃんの笑顔の面影に重なって見える。

そういえばあの雲のかたちも、木が地面に描く影も彼女を思わせ——って、なにを考えているんだおれは。いかん、重症だ。

放心しながら立ちすくむ森司の肩に、後方から衝撃があった。

体勢を崩しながらも踏みこたえ、なんとか振りかえる前に聞き慣れた声が耳を打つ。

「なにを道の真ん中で突っ立ってるのよ、八神くん」

「藍さん。なぜここに」

森司は肩を押さえ、目を白黒させた。

今日は平日で、彼女は勤務中のはずだ。しかし藍はこともなげに、

「なぜってお昼を食べに来たのよ。お給料日前なもんで、ほかの社員と一緒にお高い仕出し弁当をとる余裕がなくてね」

「ああ……そうか、お昼か。もうそんな時間でしたか」

いつの間に、と森司は声を落とした。藍が顔を覗（のぞ）きこんでくる。

「八神くんも学食行く？」

「いや、おれはアパートに戻ろうかと」

朝炊いたご飯があるんです、と答えかけ、

「そうだ。藍さん、よかったらおれん家（ち）に食べに来ませんか」

と森司は勢いこんで言った。しかし藍が面食らった様子なことに気づき、瞬時にトーンダウンする。

「あ、大丈夫ですよ。朝炊いたばっかりだから、残り物じゃないです」

「そうじゃなくて……やけに唐突かつ大胆なナンパだなと思って」

「えっ」

藍の言葉に、森司は思わず後ずさった。慌てて両手を振り、早口で弁解する。

「いや、べつにおかしな意味で誘ったんじゃないですよ。ただちょっと、藍さんに試食をお願いしようと思っただけで」

「なになに？　なにを騒いでるの」

のんびりと鷹揚（おうよう）な声が割って入った。

これまた耳に馴染（なじ）んだ声だ。森司はすこしほっとして、

「部長。泉水さん」

と彼らを振りむいた。藍が森司を親指で指す。

「ちょうどよかった。いま八神くんにナンパされてたところよ。おれのアパートに来ないかって、文字どおり食事を餌に」

「違います」

森司は声を張りあげた。

「そんなんじゃないですってば。ただほんとに料理を試食してほしかっただけで。なんというか、貴重な女性の意見を」

「ほう、女性の」泉水が言う。

「女性の意見をねえ」重ねて部長が丁寧に言いなおした。

「やめてくださいよ」

森司は涙目でさえぎった。藍がどうどう、と手で彼を抑えて、

「ま、このへんにしときましょうよ」

と部長たちを見やった。

「いくら八神くんがかわいいからって、あんまりいじったらやる気が削がれちゃうかもしれないわよ。せっかく脳内計画をめずらしく実行に移そうとしてるのにさ」

「だな。どうせこよみに手料理でもふるまおうと思って張り切ってるんだろう。その気になってるうちに、誉めて伸ばしてやったほうがいい」

と泉水が当人を前にして言い放つ。

森司は「脳内計画を」のくだりで赤くなり、「こよみに手料理」の言葉に青くなったあと、絶句してふたたび真っ赤になった。うつむいてひたすら汗をかくのに忙しい彼を見て、藍が感じ入ったように言う。

「ほんとにわかりやすい子ねえ、きみは」

「いいじゃない。それでこそ八神くんだよ」

部長が笑った。

講義が終わったらしく、背後の学部棟が急に騒がしくなった。学食に入る者、構内のコンビニへ走る者、町へランチに繰りだすのか、連れだって駐車場へ向かう者と、思い思いの方向へ散っていく。

気づけば春も、すでに終焉(しゅうえん)を迎えようとしていた。

引用・参考文献

『世界不思議百科』コリン・ウィルソン　ダモン・ウィルソン　関口篤訳　青土社
『世界の謎と不思議百科』ジョン＆アン・スペンサー　金子浩訳　扶桑社ノンフィクション
『バチカン・エクソシスト』トレイシー・ウィルキンソン　矢口誠訳　文藝春秋
『長谷川伸傑作選　瞼の母』国書刊行会
『日本古典文学幻想コレクション１（奇談）』須永朝彦　国書刊行会
『雪国の春　柳田国男が歩いた東北』柳田国男　角川ソフィア文庫
『日本の伝説（41）越後の伝説』小山直嗣　村山富士子　角川書店
『義経はどこへ消えた？　北行説の謎に迫る』中津文彦　ＰＨＰ研究所
『日本「神話・伝説」総覧』歴史読本特別増刊事典シリーズ第一六号　新人物往来社

本作は書き下ろしです。
この作品はフィクションです。実在の人物、団体等とは一切関係ありません。

ホーンテッド・キャンパス　白い椿と落ちにけり
櫛木理宇

角川ホラー文庫　Hく5-11　20262

平成29年 3 月25日　初版発行

発行者――郡司 聡
発　行――株式会社KADOKAWA
〒102-8177　東京都千代田区富士見2-13-3
電話 0570-002-301(カスタマーサポート・ナビダイヤル)
受付時間 9:00～17:00(土日 祝日 年末年始を除く)
http://www.kadokawa.co.jp/
印刷所――旭印刷　製本所――本間製本
装幀者――田島照久

ISBN978-4-04-104447-6 C0193

角川文庫発刊に際して

角川源義

第二次世界大戦の敗北は、軍事力の敗北であった以上に、私たちの若い文化力の敗退であった。私たちの文化が戦争に対して如何に無力であり、単なるあだ花に過ぎなかったかを、私たちは身を以て体験し痛感した。西洋近代文化の摂取にとって、明治以後八十年の歳月は決して短かすぎたとは言えない。にもかかわらず、近代文化の伝統を確立し、自由な批判と柔軟な良識に富む文化層として自らを形成することに私たちは失敗して来た。そしてこれは、各層への文化の普及滲透を任務とする出版人の責任でもあった。

一九四五年以来、私たちは再び振出しに戻り、第一歩から踏み出すことを余儀なくされた。これは大きな不幸ではあるが、反面、これまでの混沌・未熟・歪曲の中にあった我が国の文化に秩序と確たる基礎を齎らすためには絶好の機会でもある。角川書店は、このような祖国の文化的危機にあたり、微力をも顧みず再建の礎石たるべき抱負と決意とをもって出発したが、ここに創立以来の念願を果すべく角川文庫を発刊する。これまで刊行されたあらゆる全集叢書文庫類の長所と短所とを検討し、古今東西の不朽の典籍を、良心的編集のもとに、廉価に、そして書架にふさわしい美本として、多くのひとびとに提供しようとする。しかし私たちは徒らに百科全書的な知識のジレッタントを作ることを目的とせず、あくまで祖国の文化に秩序と再建への道を示し、この文庫を角川書店の栄ある事業として、今後永久に継続発展せしめ、学芸と教養との殿堂として大成せんことを期したい。多くの読書子の愛情ある忠言と支持とによって、この希望と抱負とを完遂せしめられんことを願う。

一九四九年五月三日